Fabian Hischmann

Alle wollen was erleben

Fabian Hischmann

Alle wollen was erleben

Stories

BERLIN VERLAG

Mehr über unsere Autoren und Bücher:
www.berlinverlag.de

Die Handlungen und alle handelnden Personen in diesem Buch sind frei erfunden. Jegliche Ähnlichkeit mit lebenden oder verstorbenen Personen wäre rein zufällig und nicht beabsichtigt.

ISBN 978-3-8270-1357-6

Satz: Uhl+Massopust, Aalen
Druck und Bindung: GGP Media GmbH, Pößneck
Printed in Germany

Für meine Eltern

Inhalt

»Listen, I have been educated.
I have learned about Western
Civilization.
Do you know what the message of
Western Civilization is?
I am alone.«

– Eileen Myles

»You have to pick the places you
don't walk away from.«

– Joan Didion

Alaska

Jemand schmeißt Flaschen in die Tonne im Innenhof. Das Geräusch von Glas auf Glas hallt von den Wänden wider. Sophie kommt in unsere Küche und versucht ein Lächeln. Sie hat rissige Lippen. Die bekommt sie immer, wenn sie zu viel getrunken und das Wasser dabei vergessen hat. Ich stelle mir ein ausgetrocknetes, rotes Flussbett vor, eine skelettierte Herde Gnus.
Sie setzt sich und sagt: »Ich kann verstehen, dass es dir zu viel ist. Aber ohne dich schaff ich's nicht.«
Ich schaue weiter auf ihre Lippen, die glatte Haut darüber und darunter.

Früher musste ich ihr Gesicht fast täglich inspizieren.
»Sei ehrlich, Simon. Ich merke sofort, wenn du lügst«, sagte sie dann.
Ich war froh, als das Haar immer langsamer wuchs, die Wurzeln per Laser schließlich ganz entfernt waren, und der Bartschatten, auf den ich früher so neidisch gewesen war, verschwand.

Drei Stunden später stehen wir irgendwo bei Hannover im Stau.
Ich schreibe: *Liebe Lucy, bitte verzeih mir! Ich mach's wieder gut, versprochen! Hab Dich sehr lieb! Papa*
Neben uns ein Sattelschlepper mit einem Windradflügel auf der Ladefläche. Vielleicht wird sich die Evolution irgendwann übersteigert wiederholen, und mammutartige, turmhohe Geschöpfe mit Stoßzähnen so lang wie der Flügel rechts von uns werden durch diese platte Landschaft trotten.
»Was denkst du?«, fragt Sophie.
»Dass Niedersachsen öde ist und es wahrscheinlich auch noch lange bleiben wird.«
Sie trägt etwas von dem Papaya-Lippenbalsam auf, den ihr eine Bekannte aus Australien mitgebracht und als Wundermittel gepriesen hat.
»Mit wem warst du denn trinken gestern?«
»Mit allen, die wollten«, antwortet Sophie und klingt ein bisschen bassiger als sonst, weil sie den Balsam gerade in die Mundwinkel massiert.
»Und Agnes hat wirklich nichts dazu geschrieben, warum wir kommen sollen?«
»Nur was von einer Familienfeier im kleinsten Kreis. Wahrscheinlich hat Georg ihr endlich einen Antrag gemacht.«
»Warum hast du nicht nachgefragt?«
»Weil sie *Liebe Sophie* geschrieben hat. Das wollte ich einfach so stehen lassen und keinen Streit riskieren, verstehst du?«

Ich nicke.
Vor ein paar Tagen hat sie eine E-Mail von Agnes bekommen. Die erste überhaupt. Sonst schicken die beiden sich nur noch Anstandskarten zu Geburtstagen und Weihnachten.
Sophie lehnt ihren Kopf an meine Schulter. Ich lege eine Hand auf ihren Kopf. Der Stau löst sich auf. Als wäre eine unserer ältesten Choreografien plötzlich die Lösung für alles.
Neben der Autobahn wirbt ein Schild für den *ultimativen Freibadspaß*, wenn man die nächste Ausfahrt nehmen würde.
Wir hassen Freibäder. Früher sind Sophie und ich deshalb oft an abgelegene Seen gefahren. Wir versuchten, jedes der Gewässer mindestens einmal schwimmend zu überqueren. Sophie begann, Bikinis zu tragen. Wenn wir nicht allein waren, wickelte sie sich vor der operativen Angleichung manchmal ein Handtuch um die Hüfte, bis wir das Wasser erreichten.

Ich lernte Sophie in den letzten Wochen der vierten Klasse kennen. Trotz ihres bunten *Bad+Mad*-Shirts sah sie traurig aus, als die Lehrerin sie vorstellte. In der anschließenden Pause wurde sie von Lars als »Polacke« beschimpft. Unsere Lehrerin hatte einen Namen an die Tafel geschrieben – BENEDYKT – und erklärt, es sei die polnische Variante von Benedikt, was den meisten völlig egal

war. Aber Lars übte wohl damals schon für seine braune Zukunft. Er schubste Sophie, und ich brüllte ihn von der Seite an: »Halt doch einfach mal dein dummes Maul!«
Er wollte etwas zurückbrüllen, doch da hatte Sophie ihm schon mit der Handkante auf den Kehlkopf geschlagen. Lars taumelte gegen die Wand und sank in die Hocke.
Manchmal reicht ein Idiot, um zueinanderzufinden.
Am vorletzten Grundschultag füllten wir alle eine Seite für die Klassenzeitung aus. Hinter den Doppelpunkt bei *Was ich einmal werden will* schrieb ich: *Urwaldforscher* – damals war ich verrückt nach einer Comicreihe, deren Hauptfigur eine Expedition ins Amazonasgebiet anführt, um nach Kristallen zu suchen, von denen das Schicksal der Menschheit abhängt – und bei *Größter Wunsch: Gesundheit*, weil meine Großmutter es mir zu jedem Fest auch irgendwo dazuschrieb und ich sie für den klügsten Menschen überhaupt hielt. Die Seite von Sophie blieb leer. Sie hatte Mumps bekommen.
Und wahrscheinlich Angst, dachte ich viele Jahre später, als ich ihr nach der letzten OP die Zeitung mit ins Krankenhaus brachte, die ich zufällig beim Aufräumen wiedergefunden hatte.
»Schreibst du jetzt bitte noch was rein?«, sagte ich.

Das Gegenlicht macht *Lucy* sichtbar. Sie hat ihren Namen in den Staub auf dem Armaturenbrett ge-

schrieben. Ich schaue auf mein Handy. Noch immer keine Antwort.
Ich drossle die Geschwindigkeit, klappe den Blendschutz aus. Sophie reicht mir die Sonnenbrille und zündet uns zwei Zigaretten an.

Wir blieben auch auf dem Gymnasium zusammen. Sophies Notendurchschnitt hatte eigentlich nur für eine Realschulempfehlung gereicht, aber die Klassenlehrerin glaubte an uns. Gegenseitig zogen wir uns von Jahr zu Jahr.
Mit dreizehn waren ihre Noten besser als meine, hatten wir unsere ersten Freundinnen. Sie hießen beide Nina. Eine Woche später machten wir Schluss mit den Ninas, weil sie rauchten.
Zwei Jahre später rauchten wir selbst und gingen auf eine Party zu Marius. Seine Mutter war damals Bürgermeisterin und das Wochenende über auf einem Parteitag.
Als uns die nach Moschus-Deo stinkenden Jungs auf der Sofalandschaft, die Chips und Pornos zu langweilig wurden, verdrückten wir uns ins Schlafzimmer und inspizierten Schubladen und Kleiderschränke. Alle möglichen Farben und Muster leuchteten uns entgegen. Marius' Mutter war bekannt für ihren extravaganten Stil. »Mutig«, sagten die einen, »nuttig«, die anderen. Sophie zog ein grünes Paillettenkleid vom Bügel und warf mir ein rotes Businesskostüm zu.

»Komplementär find ich fair«, sagte sie grinsend.
Ich weiß noch, dass ich keine große Lust auf Verkleiden hatte und es deshalb schnell hinter mich bringen wollte. Jedoch war das *Spiel* – denn dafür hielt ich es, für ein albernes Jungsspiel – allemal spannender als die öde Porno-Party im Wohnzimmer.
Als ich mich in den engen Stoff gezwängt hatte, sagte Sophie: »Wow. Pass bloß auf, dass die Spice Boys von der Couch dich nicht so sehen.«
Weil mir plötzlich schrecklich heiß war, fiel mir gar nicht auf, wie selbstverständlich sie dabei im Raum stand.
»Und jetzt?«, fragte ich.
»Jetzt gehen wir in die Stadt und machen Wahlkampf für Frau Bürgermeister, oder?«
Kurz darauf hatte ich mich wieder aus dem Kleid geschält, mir im angrenzenden Bad kaltes Wasser ins Gesicht geklatscht und blieb überrascht auf der Schwelle zum Schlafzimmer stehen. Ich sah Sophie vor dem Spiegel am anderen Teppichende, völlig versunken in das Bild, das sie vor sich hatte. Sie strich die Falten glatt, neigte den Kopf von einer Seite zur anderen. Ihre Bewegungen waren ruhig und fließend.
»Habt ihr sie noch alle? Was macht ihr zwei Schwuchteln hier?«
Plötzlich stand Marius im Raum.
Sophie blieb cool, trat auf ihn zu und sagte: »Aber,

aber, mein Schatz. Spricht man etwa so mit seiner Mutter?«

Später saßen wir auf dem Balkon und atmeten Helium ein, das einer von den Jungs mitgebracht hatte. Sophie stieg auf einen Klappstuhl und piepste: »Mir ist langweilig, Simon. Lass uns heimfliegen.«

Ich packte sie am Bein und piepste zurück: »Aber du kannst nicht fliegen, Ben.«

»Warum nicht?«, fragte Sophie mit einem herausfordernden Lächeln.

Mir fiel keine gute Antwort ein.

Eine Wolke schiebt sich vor die Sonne und gibt den Blick auf Industrieschornsteine frei. Auf einem davon steht *JESUS*. Sophie zeigt darauf.

»Nichts als heiße Luft, der gute Mann.«

Und dabei fällt mir ein, dass er und Sophie eine Vergangenheit haben.

Agnes und Rainer hatten Sophie ausgewählt, obwohl sie schon sieben war. »Bemüh dich, mein Junge«, gab ihr der Leiter des Kinderheims mit auf den Weg, als sie sie mitnahmen. Und Sophie gab sich alle Mühe. Sie zwang sich, fröhlich und nie unordentlich zu sein, und putzte sogar nach dem Mittagessen die Zähne. Trotzdem war sie verunsichert, weil Agnes und Rainer häufig stritten und Rainer immer später von der Arbeit nach Hause kam. Das Klingeln der Mikrowelle weckte sie, wenn er sich sein Abendessen aufwärmte, das Agnes auf dem Drehteller bereitgestellt hatte. Sie konnte dann nicht wieder einschlafen, weil sie befürchtete, es läge an ihr. Morgens beim Frühstück sah nicht nur Rainer müde aus. Sophie konzentrierte sich auf ihre Cornflakes, Rainer verbarg das Gesicht hinter den Schlagzeilen der Zeitung und reagierte nicht auf Agnes' Blicke, bis er aufstand und zur Arbeit fuhr.

Während Agnes auf Rainer wartete, sah sie ihre Lieblings-Talkshow. Der Moderator, ein Fernsehpfarrer, der später wegen Schleichwerbung abgesetzt wurde, brachte sie ständig zum Weinen. Sophie setzte sich dann neben sie und hielt ihre Hand. Und weil sie dachte, sie könne Agnes damit glücklicher machen, meldete sie sich ihr zuliebe sogar als Messdiener. Bis Sophie sechzehn wurde, deckte sie jeden Sonntag und an den meisten Feiertagen den Altar. Sie hasste alles daran, bis auf die Gewänder und den nackten Jesus mit den langen, braunen Haaren am Kreuz.

»Unfassbar, dass du das Messdienerding so lange durchgezogen hast«, sage ich.

»Sechs Jahre kellnern ohne Kohle«, stöhnt Sophie.

»Und am Ende tritt Agnes aus der Kirche aus und zieht zu einem Atheisten nach Österreich.«

Aus dem toten Winkel taucht ein Motorrad auf und überholt uns rechts. Fuchsschwänze flattern an der Antenne.

Ein knappes Jahr nachdem Agnes und Rainer Sophie adoptiert hatten, begann Rainer mit einer Kollegin ein neues Leben und ließ sich in ein Finanzamt in Norddeutschland versetzen. Er zahlte pünktlich Unterhalt, ansonsten herrschte Funkstille. Später fand Sophie ein Foto von ihm im Internet. Es zeigte einen käsigen Mann mit Motorrad an einer Strandpromenade, *Eckernförder Motorradklub wählt neuen Vorstand* stand darüber.

Vor ein paar Jahren starb Rainer an einer verschleppten Lungenentzündung. Etwa zeitgleich lernte Agnes über eine Kontaktanzeige Georg kennen, einen frisch pensionierten Mathematiker, der ebenfalls verlassen worden war. Bei einem gemeinsamen Abendessen mit Sophie, zu dem er, sie war sich sicher, Agnes hatte überreden müssen, sprach er viel über seine Forschungen zu reellen Zahlen und die Kalenderspruch-Einsicht, dass die wichtigsten Dinge im Leben eben nicht den Gesetzen der Logik unterworfen waren. Er hob sein Glas und sagte: »Auf dich, Agnes. Und auf deine bezaubernde Tochter.«

Sophies Gesicht hatte sich aufgehellt. Das von Agnes fing an zu glühen.

Wir halten auf einem Parkplatz, um uns zu lockern. Sophie streckt beide Arme in die Luft und fragt: »Wie möchte der alte Simon in zwei Wochen eigentlich seinen Ehrentag verbringen?«

»Eine Ganztagesmassage wäre super«, antworte ich und versuche vergeblich, meine Fußspitzen mit den Fingern zu berühren.
»Mit Happy End?«
»Wenn schon, denn schon«, antworte ich augenzwinkernd und gehe Richtung Böschung. Ich muss pinkeln.

Es war mein 25. Geburtstag. Fruchtfliegen leierten durchs Zimmer Richtung Fensterbank und ertranken dort in einem Schälchen mit Essigessenz. Ich hatte jede Menge Obst besorgt, das ich dann doch nicht essen wollte. Eine Woche zuvor hatte eine vitaminsüchtige Affäre mich abserviert. Pausenlos hatte ich Sophie vollgeheult, abgedroschenen Mist wie »Frauen und ich, das passt einfach nicht zusammen« von mir gegeben, nicht mitbekommen, dass auch sie dringend etwas loszuwerden versuchte. Als sie mir zu allem Überfluss noch mitteilte, sie wolle eine Freundin zu meinem Geburtstag mitbringen, protestierte ich und sagte, es sei abgemacht: »Wir zwei allein, Ben. Mehr ertrag ich nicht.«
Doch sie antwortete ernst: »Ich kann ihr nicht mehr absagen.«
Widerwillig putzte ich mein Wohnheimzimmer, kaufte Wodka und Eis und wartete.

»Ich hab schon gedacht, du willst mich loswerden und hast dich in die Wildnis abgesetzt«, sagt Sophie, als ich zurück ins Auto steige.
»Das hier ist Deutschland, nicht Alaska.«
»In Alaska hättest du es also getan?«
»Blödsinn. Ich mag die Stadt.«
»Ach ja? Und warum fährst du dann mit Lucy jedes zweite Wochenende in den Wald?«
»Weil Lucy nun mal gerne klettert und Hochseilgärten schöner sind als irgendwelche Hallen... Naturerlebnisse sind wichtig.«
Wir rollen zurück in den Verkehr, und ich frage mich, wie mir ein Leben in Blockhütte und Einsamkeit gefallen würde.

»Was soll das?«
»Herzlichen Glückwunsch.«
Sie streckte mir eine Hand hin.
Ihr Gesicht war frisch rasiert und geschminkt, außerdem hatte sie sich die schwarzen Locken geglättet.
»Ich bin Sophie.«
»Vergiss es. Ich mach da heute ganz bestimmt nicht mit.«
Ihre Miene blieb unbewegt, die Hand wartete weiter auf meine.
»Okay«, sagte ich genervt und ergriff sie endlich.
»Schön, dich kennenzulernen. Komm doch rein!«
Wir gingen in die Küche. Dort füllte ich zwei Gläser mit Wodka und Eis.

»Also, was soll das, Ben?«, sagte ich, als noch immer nichts von ihr kam.
»Sophie«, verbesserte sie mich.
Genervt leerte ich mein Glas in einem Zug und sagte: »Kannst du bitte endlich mit dem Scheiß aufhören, Benedykt!«
Es war das erste Mal seit langer Zeit, dass ich den Namen in voller Länge aussprach. Dass es auch das letzte Mal sein würde, kapierte ich immer noch nicht.
Zwei Gläser später saßen wir auf meiner Matratze, wünschte ich mir ein Loch, durch das ich bis in die Kanalisation fallen könnte. Ich fühlte mich elend, ignorant und verarscht zugleich. Plötzlich wusste ich nicht mehr, ob es Fruchtfliegen waren, die durch die Luft leierten, oder ob mir schwarz vor Augen wurde.
»Warum hast du nie was gesagt?«, presste ich durch meine angespannten Kiefer.
Du warst so viel mit dir selbst beschäftigt, hätte ihre Antwort lauten können. Das zu sagen, wäre die Wahrheit und ihr gutes Recht gewesen.
Stattdessen erwiderte sie nur: »Weil ich jetzt so weit bin.«
Auf wackligen Beinen ging ich in die Küche und füllte mein Glas mit Leitungswasser. Als ich zurückkam, lag neben Sophie ein Geschenk. Ich setzte mich und packte es aus.
Das Bild zeigt einen fünfzehnjährigen Ben – eine

fünfzehnjährige Sophie, korrigierte ich mich selbst. Sie steht mit ausgebreiteten Armen auf einem Klappstuhl, und ich halte ihr Bein fest.
Ich war eine leere Lichterkette, in die Sophie nach und nach die fehlenden Glühbirnen eindrehte.
»Weiß deine Mutter Bescheid?«, fragte ich, den Blick weiter auf das Bild gerichtet.
»Kann schon sein«, antwortete Sophie. »Aber du warst der Erste, dem ich es sagen wollte.«

Das letzte Stück der Strecke fährt Sophie. Den Kopf ans kühle Glas des Beifahrerfensters gelehnt, schreibe ich eine weitere Entschuldigung an meine Tochter. Als Anhang schicke ich ein Foto des verirrten Rehs mit, das ich vorhin an der Raststätte geschossen habe. Es lief im Zickzack durch den Tisch-Parcours des Schnellrestaurants und schmiss die Tablettrückgabe um.
»An Lucy?«, fragt Sophie.
»Ja. Ich hab's voll versaut.«
Jedes zweite Wochenende gehört uns beiden. So ist es vereinbart. Und dieses wäre eins für uns gewesen.
»Tut mir leid, Simon. Wenn wir zurück sind, sage ich ihr, dass es meine Schuld war.«
Ich ziehe das Reh auf dem Display größer. Du musst ab jetzt wirklich besser aufpassen, denke ich.

Ein halbes Jahr nach meinem 25. Geburtstag lernte ich Raja im Vorbereitungskurs zu einer Prüfung kennen. Nach der ersten Stunde lud uns die Tutorin noch auf ein Getränk in eine Bar ein. Raja und ich blieben am längsten. Und weil ich betrunken war und es rauswollte, erzählte ich ihr die Geschichte von Sophie und mir. Ich erzählte, dass Sophie die meiste Zeit bei mir im Wohnheim übernachtete, seit es ihren Freund nicht mehr gab. Er sei nun mal schwul und wolle mit einem Mann zusammen sein. Außerdem fühle er sich ohnehin schon länger zu jemand anderem hingezogen. Ich erzählte, dass Agnes gegenüber Sophie noch immer nichts als Geheule und Warum-Sätze mit falschem Pronomen zustande brachte. Und ich erzählte ihr auch, dass ich manchmal selbst fürchtete, nur so zu tun, als käme ich gut damit klar. In diesen Momenten vermisse ich meinen besten Freund, fühle es sich an, als habe ich jemanden verloren, obwohl dieser Jemand immer schon da gewesen sei.

»Hältst du mich für ein verklemmtes cis Mann-Arschloch?«, fragte ich.

»Nein«, sagte sie und lächelte. »Wenn überhaupt, bist du ein egozentrisches cis Mann-Arschloch.«

Als wir das erste Mal zu dritt kochten, fragte Raja einfach drauflos. Wo man so tolle Ohrringe kaufen könne, wie sich die Brustprothesen anfühlten, ob Sophie zukünftig vorhabe, Hormone zu nehmen und, als es eh schon zu spät war, ob ihre Fragen überhaupt okay seien.

Später im Club gingen sie zusammen auf die Toi-

lette, wie beste Freundinnen, und ließen mich allein zurück.
Vier Jahre später trennten wir uns. Lucy konnte gerade ihre ersten Sätze bilden.
»Nein, will ich nicht«, hörten wir besonders oft, wenn wir versuchten, ihr etwas Essbares jenseits von Grießbrei anzudrehen.
Sie war uns einfach passiert und überforderte mich anfangs sehr. Genau wie der einzige andere Mensch, der neben ihr die Fähigkeit besaß, mich uneingeschränkt glücklich zu machen.
Sophie war eine große Hilfe in dieser Zeit, sie und Lucy hatten sofort eine enge Verbindung.
Eine Weile träumte ich die immer gleiche Szene: Ich war gestorben und sah aus schwebender Perspektive in ein Wohnzimmer. Dort saßen Raja und Sophie mit Lucy und rollten sich lachend einen Ball zu. Sie sahen perfekt zusammen aus, eine glückliche Familie, der nichts zu fehlen schien.

Kurz vor der österreichischen Grenze stoppt uns die Polizei bei einer Verkehrskontrolle. Ein junger Beamter nimmt Führerschein und Fahrzeugpapiere zur Prüfung entgegen.
»Wohin sind Sie unterwegs?«
»Bregenz, Familienbesuch«, antwortet Sophie. »Meine Mutter heiratet, vielleicht.«
Er mustert unsere Gesichter. Meine Augen sind vor Müdigkeit geschwollen, und es würde mich nicht

wundern, wenn er uns aussteigen ließe. Doch nur Sekunden später reicht er ihr die Dokumente durchs Fenster zurück.
»Gute Fahrt.«

»Was soll das sein?«, fragte die Polizistin, als Sophie einmal grundlos auf der Straße kontrolliert wurde.
»Das ist ein Ergänzungsausweis.«
»Und wo ist Ihr gültiges Ausweisdokument?«
»Das ist ein gültiges Ausweisdokument.«
»Sie haben keinen Personalausweis bei sich?«
»Wie ich schon sagte ...«
Als Sophie mich wenig später anrief, saß ich mit Raja bei ihrer Großmutter in Brandenburg und aß Kuchen. Man hatte sie wegen Beleidigung mit auf die Wache genommen und erst Stunden später wieder gehen lassen. »Die haben mich beleidigt, nicht andersrum«, schimpfte sie ins Telefon.
Raja und ich fuhren sofort zurück in die Stadt, um sicherzugehen, dass Sophie nichts Dummes anstellte. Als wir ankamen, schlief sie bereits.

Wir steigen aus. Der Motor ist nach knapp tausend Kilometern heiß gelaufen und brummt. Ich lege dem Volvo meine flache Hand auf die Haube, als wäre er ein gehetztes Tier. Tatsächlich verschwindet das Brummen hinter einem Quaken. Georgs Haus steht direkt am Bodenseeufer und wird von einer Armada von Fröschen belagert.

Sophie sieht mich an. »Noch können wir abhauen«, sagt sie.
In einer Serie würde jetzt eine Abblende folgen, denke ich, ein Cliffhanger.

Kraftlos hing ich in der Luft. Lucy war in null Komma nichts über den Seilsteg auf die andere Seite zur Plattform balanciert und rief: »Zieh dich hoch, Papa! Du schaffst das!«
Verkehrte Welt, dachte ich, als ich ängstlich in meinem Gurt zwanzig Meter über dem Waldboden baumelte. Ich klammerte mich an das Stück Seil oberhalb des Karabinerhakens und rief mit möglichst ruhiger Stimme zurück: »Ich kann nicht.«
»Okay. Ich hole Hilfe.«
Ich wollte *Nein!* schreien, bekam aber bloß ein »Gut!« heraus und hätte am liebsten noch *Beeil Dich!* hinterhergerufen.
»Tour 7 ist auch wirklich sehr anspruchsvoll. An dieser Stelle sind schon viele abgeschmiert«, sagte der Junge, er war höchstens sechzehn, als wir zurück am Boden waren. »Ihre Tochter hat es jedenfalls voll drauf.«

Georg trägt eine Schürze. *Kiss The Cook* steht quer über seinem Bauch.
»Wie schön, dass ihr da seid!«, sagt er freudig. »Kommt rein!«
Wir folgen ihm ins Haus.

Noch bevor Agnes uns überhaupt gesehen hat, sagt sie: »Scheiße«.
»Schatz?«, fragt Georg in ihrem Rücken.
Sie dreht sich um und hält ein Stück Gurke in der Rechten und die Reibe in der Linken. Wir sehen Blut auf den Küchenboden tropfen. Eigentlich ist Agnes' Gesicht chronisch glühend von der Rosacea, jetzt aber sieht es blass und ratlos aus. Für einen Moment ist da nur das Geräusch der köchelnden Soße, bis Agnes zusammenklappt und Georg panisch den Notruf wählt.

»Fändest du mich attraktiv, Simon?«
Sophie hielt das Messer in meine Richtung, als sie die Frage stellte. Ich hörte auf, den Salatkopf zu rupfen, und sah sie an.
»Ich meine, wenn du mich nicht kennen würdest?«, schob sie nach.
Ich war überrumpelt, zögerte.
»Also nicht«, sagte sie und wandte sich ab.
»Warum ist das wichtig?«, fragte ich.
»Vergiss es.«
»Jetzt sei nicht eingeschnappt.«
Sie setzte die Klinge zurück auf die Hühnerbrust.
»Weil du mein Maßstab bist«, sagte sie nach einer Weile und schnitt einen weiteren Streifen vom Stück.
Ich wischte meine nassen Finger an der Jeans ab.
»Sophie, ich …«

Die Zacken der Reibe haben kleine, aber offenbar tiefe Wunden ins Fleisch gerissen. Sie ähneln einer Kiemenreihe, als hätte Agnes versucht, sich ein Extra für den See vor der Tür zu verpassen. Ihre Augen sind weit geöffnet, der Kreislauf ist wieder stabil. Ich presse ein Küchentuch auf ihr Handgelenk, weil Georg schlecht geworden ist und er kreidebleich in der anderen Küchenecke hockt. Sophie ist vor zur Straße gelaufen, um die Sanis abzuholen.
»Tut mir leid«, sagt Agnes, und obwohl sie blutet und klitzeklein ist da vor mir auf dem Boden, macht sie mich aggressiv.
Das sollte es auch, möchte ich schreien und: *Mir musst du das nicht sagen*. Doch ich erwidere nur: »Alles gut«, und sehe, dass ich das Tuch demnächst werde wechseln müssen.
Endlich kommt Sophie mit in weißen Polos und roten Westen steckender Unterstützung ins Haus zurück. Nickend lösen die Profis mich ab. Ich stelle mich neben Sophie. Sie flüstert mir ins Ohr: »Drama können sie gut, nicht wahr?«

Lucy und ich begleiteten Sophie ins Theater. Jugendliche, die von ihr betreut wurden, hatten die Möglichkeit bekommen, in einem Stück mitzuspielen. Nach der Vorstellung wartete ich mit Lucy vor einem der Nebenausgänge. Sophie wollte nur schnell verschwinden, um ihren Schützlingen zu gratulieren und Vertrauen zu signalisieren, brauchte dann aber doch eine kleine Ewigkeit. Ich war kurz davor, sie zu holen, als ein Mitglied des Reinigungsteams die Tür öffnete und etwas in die Luft warf. Es landete auf dem Boden und schleppte sich ins Dunkel neben dem Eingang. Lucy sah mich entsetzt an und lief los. Sie leuchtete mit der Handytaschenlampe in die Ecke. Schließlich entdeckten wir die Taube hinter einem Standaschenbecher kauernd. Der Kopf hing schlaff zur Seite, die Flügel schleiften über den Boden, und ihr Gurren klang nass, als hätte sie den Hals voll Blut. Ich wusste, dass Lucy die Taube aufheben, mit nach Hause nehmen und gesund pflegen wollen würde. Und ich wusste auch, dass es dafür zu spät war und ich die Person aus dem Reinigungsteam zurückholen sollte, damit sie das Leiden durch einen gezielten Schlag mit der Kehrschaufel beendete.

Da hastete Sophie um die Ecke: »Ach, hier seid ihr!«

Ich winkte sie zu uns.

»Scheiße«, sagte sie, als sie das Tier sah, und ich flüsterte ihr ins Ohr: »Geht schon zum Auto.«

Ich reichte Lucys Hand an Sophie weiter.

»Komm, Süße«, sagte sie umstandslos und zog Lucy mit sich.

»Sie stirbt, oder?«, fragte sie mich noch, und ich antwortete: »Ich sag drinnen Bescheid, dass sich jemand um sie kümmert.«

»Versprochen?«

Lucy weinte. Ich nickte.

Als ich die beiden außer Hörweite wusste, hob ich den Aschenbecher an.

Nachdem Agnes' Wunde versorgt worden ist, fahre ich uns zurück zum Haus. Noch in der Kliniktiefgarage fängt Georg, den das verabreichte Beruhigungsmittel eher aufzuputschen scheint, an zu erzählen. Dass sie nicht heiraten würden, sondern weggehen wollten. Nach Haiti. Zu einem Freund, der dort ein Schulprojekt leite.

»Die Situation ist auch noch Jahre nach dem Beben katastrophal … jedenfalls wollen Agnes und ich …«

»Hast du deine Stimmbänder im Handgelenk, Mama?«, unterbricht ihn Sophie. »Oder warum muss Georg alles für dich quatschen? Was willst du von mir? Dass ich mich freue und dir sage, dass ich stolz auf dich bin? Dass ich es toll finde, dass du dich mit Kindern auseinandersetzen willst, weil du es mit deinem eigenen nicht mehr schaffst?«

»Aber Sophie …«, stottert Georg dagegen.

»Sei still!«, zischt sie ihn an.

»Meinst du, ich soll irgendwas ganz Neutrales anziehen, um es leichter für sie zu machen?«, fragte Sophie kurz bevor wir aufbrachen.

Ich schüttelte den Kopf.

»Hast recht. Warum mach ich mir solche Gedanken?«

»Weil du sie liebst.«

»Das ist Fernsehpfarrerscheiße, Simon.«
»Das ist Familienscheiße, Sophie.«

Am Haus angekommen, lasse ich die drei aussteigen.
Ich denke darüber nach, dass Sophie Agnes trotz ihrer Wut *Mama* genannt hat.
Und dann fahre ich einfach los.

Ich saß gerade mit Lucy über einer Mathehausaufgabe, als Sophie polternd vom Einkaufen zurückkam. Sie klatschte in die Hände und sagte: »Schluss mit Rechnen! Ich brauche eure Hilfe in einer wichtigen Angelegenheit.«
»Au ja!«, rief Lucy lachend und klappte nur zu gerne das Matheheft zu.
»Um was geht's denn?«, fragte ich skeptisch.
Sophie griff in eine der Tüten und holte drei verschiedenfarbige Lippenstifte daraus hervor.
»Ab ins Bad!«
Da ich mindestens so froh über die Pause war wie Lucy, folgten wir ihr beide und reihten uns vor dem Spiegel auf.
»Wenn ich sie alleine ausprobiere, macht es weniger Spaß. Außerdem komme ich dann zu spät zu meiner Verabredung.«
»Mit wem triffst du dich?«, wollte Lucy wissen.
»Er heißt Klaus«, sagte Sophie.
»Wie in der Lindenstraße«, stellte Lucy fest.

Ab und zu sahen wir uns das Mehrfamilienhaus-Elend sonntags zusammen an, auch weil es mich an meine Großmutter erinnerte, die nie eine Folge verpasst hatte.

»Genau«, sagte Sophie und lachte. »Bloß ein bisschen dünner. Und jetzt los!«

Wir spitzten die Lippen und trugen jede*r eine Farbe auf. Sophie sah erst sich prüfend an und dann uns.

»Sind alle gut«, sagte sie. »Aber ich denke, ich bleibe bei dem hier. Was meinst du, Lucy?« Sie zeigte auf ihre eigenen Lippen.

Lucy legte eine Hand ans Kinn und machte ein Jurygesicht.

»Nicht?«, fragte Sophie.

»Doch«, sagte Lucy und hielt ihr den Lippenstift hin, den sie selbst probiert hatte. »Darf ich dann den hier behalten?«

Es klingelte.

»Das wird Mama sein«, vermutete ich.

»Ich mach auf«, sagte Lucy und flitzte zur Haustür.

Sophie sah mich an.

»Violett steht dir gut.«

»Wer's glaubt …«

»Gib mir mal einen Kuss auf die Wange«, bat sie mich. »Ich will sehen, wie stark es abfärbt.«

Ich beugte mich zu Sophie hin, und plötzlich drehte sie mir ihr Gesicht frontal zu. Ihre Lippen waren warm und weich.

Wir stehen vor dem Aufstieg zu Tour 7.

»Bist du bereit?«

Ich nicke. »Bereit.«

Sie klettert voran, und bevor ich nach der ersten Sprosse greife, vibriert es unter meinem Gurt.

Schon in Alaska?, schreibt Sophie.

»Kommst du, Papa?«, fragt Lucy von oben.

»Ich bin gleich da«, antworte ich.

August

Marcos kleine Hand liegt in ihrer großen. Der Kassierer schwitzt stark und verlangt nur die Hälfte des Preises von Ella. Marco lässt er umsonst hinter die Schranke schlüpfen, obwohl er vor einer Woche sechs geworden ist und Kinder dann eigentlich 2 Euro zahlen. Ella registriert, wie der Mann in ihren Ausschnitt schielt. Er leckt sich schnell über die Lippen. Zum Wechselgeld legt er noch einen Lutscher obendrauf.

Ihre Mutter hat gesagt, sie müsse mit Marco unbedingt im Schatten bleiben. Kinderhaut verzeihe nichts. Also halten sie sich am Rand, wo die Büsche hochgewachsen sind, vor der Sonne und vor Spannern schützen.

Marco drängelt. Ella bläst den Schwimmring auf und wirft ihn vor seine Füße. Er rennt voraus, und sie folgt ihm, achtet darauf, ihren Bauch einzuziehen.
Ohne zu zögern, stürzt Marco sich ins Chlorwasser. Er bekommt einen Schwapp in den Hals und muss husten. Am gegenüberliegenden Beckenrand

reiben sich Jungs über die trainierten Oberkörper, warten die Blicke der sie umgebenden Mädchen ab und springen dann dramatisch vom Einmeterbrett. Einer von ihnen schreit noch im Federn: »Ich ficke euch alle.«

Sofort nachdem er aus dem Becken geklettert ist, schnappt ihn sich der Bademeister für eine Standpauke. Seine Crew und die Mädchen lachen ihn aus.

»Du musst auch kommen, Ella!«, ruft Marco und zuckt gleich darauf zusammen, als ein Düsenjet die Schallmauer durchbricht.

Ella lacht und schwimmt los. Bei ihm angekommen ruft sie: »Die kleine Boje, ich bin gerettet!«

»Aber ich bin ein U-Boot!«, protestiert Marco.

»Ach ja? Und warum wippst du dann so auf und ab?«

Sie bringt Marco in seinem Schwimmring zum Schwanken.

»Hör auf, sonst …«, droht er.

»Sonst was, kleine Marco-Boje?«

Er kneift die Augen zusammen und schreit: »Torpedo los!«

Zurück am Platz rubbelt Ella ihn mit dem Handtuch trocken. Sie drückt Sonnencreme auf seinen Bauch, zeichnet ein Strichmännchen mit langen Haaren und verreibt dann alles sorgfältig.

Während Marco ein Quiz auf dem Tablet spielt, beobachtet Ella die kickenden Jungs. Einer kommt

nach dem Spiel zu ihnen rüber. Sein Körper ist tiefbraun, und die Haare stehen ihm wild in alle Richtungen.
»Darf ich?«, fragt er und sitzt schon vor ihr auf den Knien. »Du bist auf meiner Schule, oder?«
Ella hat es also mit einem König zu tun, wahrscheinlich ist das hier auch sein Schwimmbad. Sie findet ihn hübsch.
»Wie heißt du?«
»Ella.«
»Ich bin August.«
Sie fixiert seinen Nabel, den Tropfen Schweiß darin.
»Willst du 'n Schluck?«, fragt er und nippt an seiner Bierflasche.
»Nee«, antwortet sie und deutet mit dem Kinn auf Marco, der konzentriert weiterrätselt.
Der Junge zuckt mit den Schultern, steht auf und lässt die leere Flasche im Gras liegen.

Ella hört Kronkorken ploppen und zwingt sich, nicht hinzuschauen. Als sie es irgendwann doch tut, prostet August ihr zu.
»Ich will noch mal ins Wasser«, quengelt Marco.
»Warte noch ein bisschen.«
»Ich will aber jetzt.«
»Dann geh allein, ich bin gerade trocken.«
Marco tritt gegen ihren Schenkel. Die Jungs spielen wieder Fußball.

*

Zwei Stunden später machen sich die Geschwister auf den Heimweg. Marco hängt mit seinem ganzen Gewicht an Ellas Arm.
»Willst du Pilot sein, Kleiner?«, ruft August hinter ihnen und holt sie ein.
»Hand!«, fordert er, und Marco gibt sie ihm. Gemeinsam schwingen August und Ella ihn in die Luft.
Im Fliegen fragt er: »Gehen wir Döner essen?«

Sie landen vor dem Imbiss. Gegenüber lärmen Maschinen beim Abriss einer Schlecker-Filiale.
»Ah, schau, Magic Marco und seine Schwester«, sagt Onur, als sie durch die Tür sind.
»Halber Döner? Wie immer?«
»Keine Zwiebeln und viel Soße!«, sagt Marco. »Und nicht scharf!«
»Check«, antwortet Onur zwinkernd.
»Und für euch zwei?«
Ella und August bestellen Pizza.

Während die drei auf ihr Essen pusten, gibt ein Spielautomat auffordernd und in ständiger Wiederholung drei Töne ab.
»Liebst du Ella?«, fragt Marco.
Ella hält ihm eine Hand vor den Mund.
August lacht. »Und du?«
»Klar«, antwortet Marco, fischt mit den Fingern einen langen Streifen Kalbfleisch aus dem Brot und

steckt ihn sich in den verschmierten Mund. »Sie kann Judo.«

Der Spielplatz neben der Schule ist leer, und in der Luft hängt ein starker Hopfengeruch von der angrenzenden Brauerei. Marco läuft zum Klettergerüst, August und Ella setzen sich auf eine Bank. Eine Weile sehen sie Marco zu, dann gibt August Ella einen Kuss. Immer drängender presst er die Lippen auf ihre, steckt seine Zunge in ihren Mund. Aus den Augenwinkeln sieht Ella noch einmal nach Marco. Dann schließt sie die Lider.

*

Ein Mann setzt sich neben sie.
»Stinkt fürchterlich, oder?«
»Ist bloß Hopfen«, antwortet Ella.
»Ich mochte Bier noch nie. Sind Sie allein hier?«
»Ich warte auf meinen Bruder.«
»Jünger oder älter?«, fragt der Mann.
»Jünger.«
»Ich wollte auch immer eine große Schwester. Bin aber leider Einzelkind geblieben, na ja ... Meine Tochter und ich warten auf meine beste Freundin, sie ist Sozialarbeiterin an der Schule hier. Unterrichtet Ihr Bruder auch dort?«
»Nein ... er ist Pilot«, antwortet sie, ohne den Mann dabei anzusehen.

»Wow, Pilot. Für welche Airline fliegt er denn?«
»Ich weiß nicht«, sagt Ella leise. »Ich hoffe, für die beste.«
»Du sollst auch kommen, Papa!«, ruft die Tochter des Mannes vom Klettergerüst.
»Entschuldigung«, sagt er und steht auf.

Als er das Klettergerüst erreicht hat, dreht er sich noch einmal um. Außer ihm und seiner Tochter ist niemand auf dem Spielplatz.

Fingerübung

Ich laufe über einen gefrorenen Acker. Unter meinen Sohlen knackt die Erde. Bastian kreischt und zeigt nach vorn auf die Windräder, die dort in die Höhe ragen. Seit wir letzte Woche einen Hubschrauber gesehen haben, sind sie plötzlich überall. Ich packe die Gummistiefelfüße unter seinem Körper noch fester und renne ein Stück mit ihm. Er lacht.

Die Leine liegt senkrecht in der Luft, der Drachen trudelt, und der Haltegriff drückt in meine kalten Handflächen.
Bastian hängt an meinem Bein, guckt, wischt Rotz in seine Handschuhfinger. Die beiden kleinsten Finger sind so krumm wie meine. Vieles an ihm ist so wie bei mir, und letztens sagte Roman traurig: »Er hat viel mehr von dir, Lukas.«
Am Anfang, als Bastian nur einschlafen konnte, wenn Roman neben ihm lag, dachte ich: Er hat viel mehr von dir, Roman.

Auf dem Rückweg ist er ganz still, drückt müde das Kinn in meine Halsgrube. Zu Hause wird Roman sein Bett mit einer Wärmflasche vorgewärmt haben.

Ich schnalle Bastian in den Kindersitz. Langsam biege ich von der Land- auf die Bundesstraße ein. Es ist neblig geworden. Ich denke an den Schnee, der bald fallen wird, die nervige Schipperei. Ich denke an Weihnachten.

Letztes Jahr waren wir zu Weihnachten bei Romans Mutter. Sie ist sehr viel älter als meine, hat ihn erst mit Anfang vierzig bekommen. Meine Existenz ärgert sie, die von Bastian motiviert sie, nicht zu sterben.
»Kannst stolz sein, Roman«, sagte sie während der Bescherung, wiederholte es mehrfach, und Roman strich mir beruhigend über den Rücken. Ich half Bastian, das Geschenkpapier ganz zu lösen. Skeptisch prüfte er seinen neuen Stoffelefanten.
»Er hat deine Augen, Roman«, sagte sie.
Am liebsten hätte ich ihr Bastians Hände direkt vor die Augen gehalten und geschrien: »Es war aber mein Sperma! Schau, die Finger sind so krumm wie meine!«

Vor mir fährt ein Kleintransporter. Auf der Heckklappe ein großer Aufkleber mit dem Schriftzug: *Ich bremse nur zum Kotzen*. Ein Filter segelt aus dem Fahrerfenster, ein kurzer Funkenflug auf dem Asphalt. Ich setze den rechten Blinker.

Alle Zapfsäulen der Tankstelle sind belegt. Ich sehe zwei Mitarbeitern dabei zu, wie sie eine Lichterkette im Schaufenster anbringen. Einer der beiden trägt nur ein T-Shirt. Vielleicht schwitzt er krankhaft, überlege ich, wie einer meiner Lehrer früher. Immer wenn er den Klassenraum betrat, zogen wir uns die Pulloverkragen vor die Nasen. Auch als der Direktor uns mitgeteilt hatte, der Schweiß trete krankheitsbedingt auf, der Fachbegriff dafür sei Hyperhidrose, und dass der Lehrer nichts dafür könne, änderten wir unser Verhalten nicht. Nach den Sommerferien kam der Lehrer schließlich nicht zurück, und unser Klassenclown mutmaßte, er lebe von nun an sicher in der *Schweiß*.

Es blitzt. Das Schaufenster leuchtet auf, und ich muss an mein Elternhaus denken, den Dekorationswahn meiner Mutter. In der Adventszeit werden Tannengrün und Lichter an jedem möglichen Ort installiert, um ein paar Wochen später, zur Faschingshochsaison, durch Hexen und Clowns in allen Ecken abgelöst zu werden, bis diese zu Ostern von Küken und Hasen mit geschulterten Eierkiepen ersetzt werden, worauf eine verschwenderische Blumenphase in den Sommermonaten folgt, die im Herbst mit dem Aufstellen verschiedenster Sorten und Größen von

Zierkürbissen beendet wird, bevor in der Adventszeit Tannengrün und Lichter zurückkehren.
Bastian liebt seine Oma und ihr immerbuntes Haus. Nirgends schläft er besser als dort. Ich erinnere mich vage, dass es mir einmal ähnlich ging.

Hinter uns hupt es. Die Zapfsäule, an der ich gewartet habe, ist jetzt frei. In Tankposition vorgerückt, schaue ich über die Schulter. Bastian schläft.

Zum Benzin kaufe ich noch ein Twix.
»Und das hier«, sage ich und lasse Zeige- und Mittelfinger wie die Schneiden einer Schere aufeinanderklappen.
»Okay«, sagt der Junge hinter der Kasse und lächelt peinlich berührt. Ich schätze ihn auf höchstens achtzehn. Das Piercing in seinem Lippenbändchen funkelt. Ich frage mich, wie es sich wohl anfühlen würde?
Seit es Bastian gibt, hat mich keiner außer Roman mehr in den Mund genommen. Und auch das immer seltener. Vor ein paar Wochen wollten wir zusammen in die Sauna und uns jeder für sich umgucken. Aber dann brachte Bastian Läuse aus der Kita mit.

Als ich zurück ins Auto steige, sehe ich im Fußraum des Beifahrersitzes ein winziges Gesicht und greife danach. Es steckt an einem Hefter und ist mit einer Büroklammer auf einem Papier neben dem Wort

Lebenslauf festgemacht. *Malte Finke* steht unter Name.
Hiermit bewerbe ich mich um ein Praktikum in Ihrer Agentur. Derzeit studiere ich …
Ich werfe Malte Finke zurück auf die Fußmatte und starte den Motor.

Kurz vor unserer Gegend entscheide ich mich für einen Umweg. Bastian ist aufgewacht und patscht gegen die Scheibe. Ich sage: »Bald bringe ich dir Schwimmen bei. Ich bin ein ziemlich guter Schwimmer, weißt du. In der Schule war ich sogar mal bei *Jugend trainiert für Olympia*. Wer weiß, vielleicht wirst du ein neuer Michael Phelps.«
»Papa Roman«, sagt er und kaut auf dem Gummikopf seiner Meerechse herum. Dabei habe ich ihm die geschenkt.

Als Kind wollte ich unbedingt auf den Galapagos-Inseln leben. Ich habe mir vorgestellt, wie ich dort Meerechsen zähmen und auf Riesenschildkröten reiten würde. Früher schien alles möglich zu sein.

Der Nebel hat sich aufgelöst, man kann das andere Ufer sehen. Ich tippe das brüchige Eis mit dem Fuß an, Wasser drängt von unten herauf. Dann hebe ich Bastian an den Händen hoch und lasse ihn baumeln.
»Du musst dir die Welt anschauen. Mach so viel du

kannst später. Ich will der Vater eines Abenteurers sein.«
Er sieht zu mir auf, Tränen schießen in meine Augen. Ich nehme ihn auf den Arm, und er fasst nach meiner Nase.
Der Waldrand rauscht, das letzte Abendrot dehnt den Himmel ins Weite.

»Du bist viel zu spät. Die Cannelloni sind jetzt wahrscheinlich furztrocken.«
Roman hat sich die Haare zurückgekämmt. Er sieht strenger aus so.
»Wir haben noch einen Abstecher zum See gemacht.«
Er überprüft Bastians Hände.
»Eiskalt. Mensch, Lukas.«
»Er hatte die ganze Zeit Handschuhe an. Es hat ihm Spaß gemacht.«
»Ja klar, blabla.«
Er rollt die Augen und läuft in die Küche.

»Lola hat dem Nachbarn schon wieder in den Garten geschissen. Er muss sie irgendwie verletzt haben. Sie hinkt«, erzählt Roman und spuckt dabei versehentlich ein Cannelloni-Bröckchen auf den Tisch.
»So ein Arschloch!«
»Lukas!«, ermahnt er mich mit einem Kopfschlenker Richtung Bastian.
»Ist doch wahr. Wo ist die Katze jetzt?«

Roman zuckt mit den Schultern.
»So ein Arschloch!«
»Lukas!«

Musst Du in einem besonderen Moment genießen, hatte Romans Mutter auf seine Geburtstagskarte geschrieben. Meine Schlucke sind groß und stürzend, die Weinflasche ist schnell so gut wie leer.
Von oben ruft Roman: »Mach das Licht aus und das Küchenfenster zu, wenn du ins Bett kommst!«
Ich erinnere mich an freiere Tage, ein nacktes Gespräch mit Lennart, den ich damals öfter traf. Einmal erzählte er mir von einem Kiosk am Meer und seiner jugendlichen Racheaktion an dessen bösartigem Besitzer. Ich fand das albern und imponierend.
Im Wohnzimmerfenster sehe ich mein Spiegelbild. Und dahinter, im schwachen Licht der Straßenlaterne, liegt das Nachbarhaus.

Abführmittel und Espresso, dazu zwei schnelle Zigaretten. Als ich spüre, wie die Kombination ihre Wirkung entfaltet, schleiche ich hinaus.

Im Nachbargarten lasse ich meine Hose bis auf die Stiefel rutschen und zünde mir eine neue Zigarette an. Dann beginnt es schon aus mir rauszuschießen, und ich denke an Autobahnrastplätze, die allerersten Reisen mit den Eltern ans Mittelmeer. Heute hält mich keiner, schwebe ich nicht über dem Boden.

Ich bin leer. Null Siegergefühl. Auch kein anderes. Ich will mir einfach nur den Arsch abwischen und schlafen. Erst jetzt fällt mir ein, dass ich die Klopapierrolle vergessen habe. Als ich auf zittrigen Beinen die Hose hochziehe, nehme ich aus dem Augenwinkel eine Bewegung neben mir wahr.
Ich leuchte mit dem Feuerzeug und sehe für einen kurzen Augenblick in Lolas gelbe Augen.

Zurück im Haus vibriert mein Handy auf dem Couchtisch. Eine Nachricht von meinem Bruder. Ich schalte es ab, ziehe alles aus, stecke die Unterhose in einer Extratüte in den Müllsack, nehme eine heiße Dusche und krieche nackt zu Roman ins Bett. Er schnarcht leise.

Roman weckt mich durch Pusten. Sein Zahnpasta-Atem weht kühl über mein Gesicht.
»Du stinkst«, sagt er und schiebt eine Hand in meine Unterhose. Mein Schwanz ist ohnehin schon steif, Urin und ein bisschen müde Geilheit. Er spielt mit dem Zeigefinger am Harnschlitz herum: »Dein Bruder hat angerufen. Du sollst dich melden, wenn du wach bist. Ich bringe jetzt Bastian in die Kita und fahre zur Arbeit.«
Er geht aus dem Zimmer. Als ich das Auto vom Hof fahren höre, fasse ich selbst in meine Shorts.

Die Stimme meines Bruders auf der Mailbox faselt irgendwas von akuter Schlaganfallgefährdung, zu viel Stress bei der Arbeit, davon, sich einschränken zu müssen und nicht zu wissen wie, und dann noch von seiner Ideenlosigkeit bezüglich Weihnachtsgeschenken. Es rauscht an mir vorbei, auch weil in der Tagesschau ein Lavastrom gerade ganze Dörfer unter sich begräbt.

Bereit, das Haus zu verlassen, suche ich nach meinen Stiefeln. Sie liegen dreckverkrustet in einem Putzeimer. Ich weiche auf Turnschuhe aus. Das Handy vibriert, *Roman*, und als es aufhört, schellt die Türklingel.

Ich luge durch den Spion und zucke zusammen. Unser Nachbar steht auf der Schwelle und trägt etwas auf der Schneeschaufel. Wieder und wieder drückt er den Klingelknopf. In meinem Kopf rotiert es. Schließlich greife ich mir einen Regenschirm aus dem Ständer, hole tief Luft, reiße die Tür auf, drücke auf den Knopf am Stiel und stoße dem Nachbarn unseren Dauerregenkauf der letzten London-Reise entgegen. So schnell ich kann, renne ich zum Auto.

Beschissene Erde klatscht gegen die Heckscheibe. Ich höre den Nachbarn »Drecksau!« und »Anzeige!« brüllen und sehe im Rückspiegel, wie er sich an die Brust greift.

Die Sonne ist verschwunden, es beginnt zu schneien. Im Radio singt Robbie Williams *Feel.* Mir fällt das Meeting morgen ein, meine unfertige Präsentation auf dem Rechner. Die Flocken werden größer und dichter. Ich steuere den See an.

Das Gras der Liegewiese ist starr vor Kälte und von einer dünnen Schneeschicht überzogen. In Böen wirbeln weiße Fahnen über die glatte Fläche.
Ich suche nach einem möglichst großen Stein, zerre mir beim Anheben die Leistengegend und zertrümmere von einem Kraftschrei untermalt das Eis. Ein Spaziergänger macht kehrt. Ich gehe am Ufersaum in die Hocke, denke wieder an das Meeting, daran, dass mein Bruder an einem Schlaganfall sterben könnte und dass Bastians kleine Finger so krumm sind wie meine.

Dann bin ich auf der Autobahn, bleibe konstant auf der linken Spur, hupe, benutze das Licht, um mir den Weg zu bahnen, registriere ein Kreuz auf dem Ausfahrtsschild, das ein Flugzeug ist, und ziehe rüber.

Das Flughafengebäude ist brechend voll. Als ich endlich vor dem Schalter stehe, fordere ich ein Ticket, und die Frau hinter dem Tresen bittet um meine Kreditkarte. Ich fasse an meine Gesäßtasche, was alles sofort unmöglich macht.

Mein Handy klingelt.
»Lukas!« Romans Stimme klingt immer ganz anders, wenn er aufgeregt ist. »Ich weiß, du musst deine Präsentation vorbereiten, aber ich schaffe es nicht, Bastian rechtzeitig abzuholen.«
Der letzte Aufruf für einen Flug nach Fuerteventura schallt durch die Halle.
»Was war das?«, will er wissen.
»Nur der Fernseher, ich mach eine kleine Pause«, antworte ich.
»Okay. Also, halb eins, kriegst du das hin?«
»Halb eins. Kein Problem.«
Wir legen auf. Die Frau hinter dem Schalter sieht mich mitleidig an.
»Wirklich, kein Problem«, sage ich noch einmal und gehe.

Zurück im Auto finde ich mein Portemonnaie im Spalt zwischen Fahrersitz und Mittelkonsole.

Das gelbe M auf dem Mast hat die Form von Vögeln, wie sie Kinder in die Wolken zeichnen. Ich tunke ein Nugget in Süßsauersoße und stecke es in den Mund. Bastian zermanscht sein *Happy Meal* im Kindersitz hinter mir.
»Papa Roman sagen wir nix hiervon, versprochen?«
Im Rückspiegel kann ich sehen, dass ihm eine Gurkenscheibe am Kinn klebt.

In der Einfahrt des Nachbarn parkt ein Krankenwagen.
Ich halte an und überlege. Irgendwann drehe ich mich zu meinem Sohn um.
»Manchmal muss man Arschloch sagen, weil es einfach stimmt.«
Er sieht mich an.
»Arsch-Loch«, wiederhole ich und trenne die Silben deutlich.

Wir laufen über einen weißen Acker, hinterlassen Spuren. Der Himmel ist ein endloses Grau. Ich öffne den Mund, um ein paar Schneeflocken hineinfliegen zu lassen. Bastian macht es mir nach. Und kurz scheint alles möglich.

Alle wollen was erleben

17. Juli – Ständig muss ich daran denken, wie sie das Nachbardorf überfallen und niedergebrannt haben und die Überlebenden am nächsten Morgen zu uns ins Camp gekommen sind. Ich hatte solche Angst.
Zwei Tage später habe ich mich in ein Flugzeug zurück gesetzt, für mich war das ja nicht unmöglich. Der Arzt hatte recht. Keine Ahnung, ob ich mich irgendwann nicht mehr schämen werde.

Du hebst den Stift vom Papier, versuchst ihn zu zerbrechen, hast nicht genügend Kraft.

Du läufst durch den Ort. In der Altstadt flüchtest du vor einem Schauer unter einen der vielen Renaissance-Erker, die dort in die Fußgängerzone ragen.

Du isst Egliknusperli, trinkst ein Rivella blau dazu, wie all die saublöden Tourist*innen, und genau das bist du ja auch.
Du gehst weiter zum Turm.

Die Treppen zum Munot, dem Turm, sind steil, und in der abschüssigen Grünfläche neben dem Aufgang ruhen Damhirsche, nebeneinander aufgereiht, im Schatten von geschlagenem Holz.
In einer der Turmkammern schießen Mädchen Selfies mit einer Rüstung. Du fandest das Bild vom erlösenden Ritter auf dem Pferd schon immer zum Kotzen.

Oben stützt du dich auf die moosige Brüstung. Unter dir die spitzen Dächer der Altstadt, ganz ohne Schüsseln und Antennen wegen des pittoresken Bildes.
Eine Familie mit Kind sitzt rechts von dir bei den Kanonen. Der Junge schleckt ein Eis am Stiel. Die Mütter nutzen die kurze Gelegenheit zum Schmusen. Du musst an zwei große, elegante Vögel denken. Dann verliert der Junge einen Teil vom Eis an die Schwerkraft und schreit wie am Spieß.
Sofort sind beide zum Trösten zur Stelle. Sie nehmen ihn zwischen sich, breiten die Flügel um ihr Küken.

Du stehst vor dem Spiegel im Bad der Herberge und ziehst Zahnseide durch die Zwischenräume. Im Waschbecken kleben Seifenreste. Deine Finger rutschen ab. Du spuckst ein bisschen Blut dazu. *Wir sind alle Opfer*, hat jemand auf die Wandfliesen geschrieben.

Dein Zimmer liegt zum Rhein hin. Neben dir schlafen hier noch drei andere Menschen. Das chinesische Paar kommt seit Tagen erst spät in der Nacht und geht sehr früh am Morgen. Der Typ aus Deutschland ist gestern angekommen. Gerade sitzt er auf dem Stuhl vor dem Fenster, lässt einen Tennisball fallen und wieder in die Hand zurückspringen. Das Fenster steht offen, man kann die Möwen hören. Vielleicht wirft jemand Brot von der Brücke.

Der Typ aus Deutschland liegt auf dem Bett. Immerzu siehst du zu ihm rüber, schreibst deshalb ganz krumme Zeilen, schiefe Beichten:
20. Juli – Das Motto meines Vaters lautet: Scheitern ist keine Option.
Ich bin wie meine Mutter. Sie fehlt mir.

Du gehst neben dem Typen aus Deutschland.
»Willst du mit raus?«, hat er irgendwann gefragt. Laternen leuchten aufs Wasser, auf einem Schiff tanzen Menschen. Ihr steuert es an.

Von Sonne und Wasser ist ein Teil der Oberfläche eures Plastiktischs aufgeplatzt. Im Riss kleben tote Ameisen.
Das Etikett auf euren Bierflaschen zeigt einen Falken. Er reißt es in kleinen Fetzen auf die Tischplatte, erzählt was von einer Bergkette in Frankreich, einem früheren Job.

Am Nebentisch stochern Geschäftsleute im Eis ihrer Caipirinhas und diskutieren Bauprojekte. Du hörst am Akzent, dass sie aus dem Wallis kommen. Mit dreizehn warst du zuletzt dort. Dein Snowboardlehrer sprach ganz ähnlich, nur sagte er öfter »cool« und »fresh«, und du wünschtest dir sehr, er würde dich in den Pulverschnee ziehen und küssen.
Natürlich küsste er dich nicht.
Wenige Wochen später ist deine Mutter abgehauen.
»Kuckuck.«
Du schreckst aus den Gedanken.
»Noch eins?«, fragt er.

Du stehst neben ihm an der Reling, ein neues Bier in der Hand. Beats wummern hinter euren Rücken, der Wind lässt eure T-Shirts flattern. Dein Kopf nickt leicht im Rhythmus.
»Ich tanze nicht«, stellt er ins Wasser starrend klar.
Und dann erklärt er: »Der Rhein ist nach der Newa der zweitgrößte Fluss nordwestlich der europäischen Hauptwasserscheide und der wasserreichste Nordseezufluss.«

Nach einem dritten Bier geht ihr entlang der Hauptstraße Richtung Altstadt.
»Ich bin erst vor Kurzem zurückgekommen«, sagst du.
Er nickt nur.
Du sprichst weiter: »Ich war weg, Freiwillige Hilfe …

Mein Vater hat es von Anfang an für eine dumme Idee gehalten. Er denkt, ich bin noch dort. Alle denken das.«
Dir wird bewusst, wie sehr du darauf gewartet hast, endlich mit jemandem darüber zu sprechen, und dass deine Sätze wie auswendig gelernt klingen.
Ihr passiert ein Plakat. Darauf greifen Hände nach Schweizer Pässen. *Massen-Einbürgerung STOP* steht darunter.
Gleich daneben wirbt ein Getränkehersteller für Limonade: *Die reine Erfrischung*.
Eine ganze Folge von Schritten schweigt ihr, dann sagt er: »Du wolltest was erleben, wie alle, und bist auf die Fresse gefallen. Es könnte schlimmer sein.«

Er kommt von der Toilette zurück. Auf dem hellen Leder seiner Boots kannst du Spritzer erkennen.
Du leerst dein zweites Fläschchen. Zehn Stück davon hat er beim SPAR gekauft. Und eine Postkarte mit Rheinfall-Motiv.
Du fragst: »Was machst du?«
Er antwortet: »Ich trinke Schnaps mit dir.«
Du merkst, dass du Lust hast, Fragen zu stellen, wie sie Figuren in schlechten Coming of Age-Filmen stellen.
»Glaubst du, man kommt irgendwann an?«
Er sieht lange geradeaus. Schließlich erwidert er:
»Man kommt dauernd an. Aber eigentlich geht es doch vielmehr darum, wie lange man bleiben will.«

Mittlerweile bist du ziemlich betrunken und fürchtest das Aufstehen. Du tust es trotzdem und schwankst. Er stützt dich. Auf der anderen Straßenseite rollt ein Skater unter den Laternen und schaut in eure Richtung. Angespornt von euren Blicken tritt er an und springt vom Bordstein. Zwei Sekunden später schlägt er auf dem Boden auf. Er lässt dich schief stehen und läuft zu dem Verunglückten hin. Doch noch bevor er ankommt, rappelt der Skater sich hoch.

»Alles klar?«, ruft er.

Der Skater klopft sich den Dreck von Kleidern und Händen, dreht das Board auf die Räder und rollt wortlos davon.

Bevor er um die nächste Ecke biegt, reckt der Skater noch den Mittelfinger in die Luft und ruft zurück: »Scheiß Dütsche!«

Verwirrt steht er da und senkt langsam den Kopf.

Er welkt, denkst du.

Ihr lauft zum Strandbad. Die Bewegung macht dich wieder nüchterner.

Nacktbaden warst du das letzte Mal mit Quentin, einem damaligen Praktikanten in der Firma deines Vaters.

Ihr fuhrt in seinem Cabrio zum See. Es war furchtbar schwül, und überall zirpten Grillen in den Feldern. Sein Ständer vor dem Schwimmen, währenddessen und danach war Quentin nicht peinlich. Nur machte er nichts aus ihm. Auf dem Rückweg goss es wie aus Eimern, und das Verdeck klemmte.

Das Wasser hat 20 Grad, der Pegelstand ist im Normbereich. So steht es auf einer Tafel am Häuschen der Rettung. Schwimmen kostet nichts, auch am Tag, nur ist es nachts wie überall verboten. Aber der Zaun ist nicht hoch und hat keine Dornen auf der Krone.

Ihr zieht euch aus. Er ist so weiß, er leuchtet fast. Ohne zu zögern, springst du rein. Die 20 Grad fühlen sich eisig an. Du stemmst dich gegen den Strom, spannst alle Muskeln an, um Halt zu gewinnen. Er steht erst bis zu den Knöcheln im Fluss.
»Was ist?«, rufst du ihm zu.
»Bleib mal da, bleib da, wo man stehen kann!«, ruft er zurück.
Aber du kraulst stattdessen ein paar Züge gegen das andere Ufer und treibst dabei nach rechts. Du hörst ihn noch ins Wasser platschen, dann tauchst du und tauchst und hast die Augen weit aufgerissen, und es ist dunkel und leise. Zug um Zug staunst du über die Stille, streifst ein paar Algen. Schließlich tauchst du wieder auf, schüttelst die Haare aus dem Gesicht und siehst dich um, kannst ihn aber nirgends entdecken.
Du schwimmst zurück ins Flache, in deinen Ohren klingt es dumpf. Nachdem das Wasser aus den Ge-

hörgängen gelaufen ist, steigst du ans Ufer und siehst eine dünne Gestalt.

»Was sollte das? Ich dachte, du ertrinkst.«

»Tut mir leid ...«

»Drauf geschissen!«

»Ich wollte dir keine Angst machen.«

Er winkt ab und setzt sich ins Gras.

»Warum haben wir das überhaupt gemacht?«

Du siehst in den zwielichtigen Himmel und antwortest: »Wir wollten was erleben.«

Langsam läufst du davon.

Die ersten Möwen kreischen, und in einiger Entfernung röhren Damhirsche.

Du blätterst zurück:

30. Juni – Heute wollte ich den Ärzten nach ihrer Schicht kühle Getränke bringen, als ich einen von ihnen hinter der Zeltwand sagen hörte: »Ich hab die Schnauze so voll! Warum fliegen die Kids nach der Schule nicht einfach nach Mallorca und saufen sich ins Koma? Aber nein, stattdessen haben wir sie am Arsch und müssen ihnen die verweichlichten Köpfchen streicheln, wenn sie mitbekommen haben, dass das Internet langsam ist und die Menschen hier tatsächlich sterben und dass ihnen das Ganze für den Lebenslauf nichts nützt, wenn sie zu blöd sind, die einfachsten Regeln zu befolgen.«

Believer

Ich fahre eine Acht.
Vater hat die Kufen geschliffen und gesagt, dass man damit Rinderhüften teilen könnte. Eigentlich ist Vater ein Tierfreund. Beim Mähen mit der Sense lässt er kleine Flächen aus, damit die Vögel in den hohen Halmen Schutz suchen können. Jetzt im Winter legt er manchmal Körner auf den Schnee. Meine Mütter sind dagegen, weil man der Allmächtigen nicht ins Handwerk pfuschen dürfe.
Das Eis stöhnt.
»Es klagt über deinen Müßiggang«, sagten meine Mütter, als ich vorgestern zu spät zum Abendsegen kam und daraufhin ohne Abendbrot bis Mitternacht in der Stubenecke stehen musste. Viele meiner jüngeren Geschwister weinten. Weil ich ihnen leidtat. Und weil sie Angst hatten, dass wir meinetwegen nun alle ein Stück näher an das ewige Unglück herangerückt waren.
Wieder stöhnt das Eis.
Ich gehe in die Knie und versuche die Luftblasen zu zählen, die in der durchsichtigen Decke festsitzen. Und dann schließe ich die Augen und wünsche

mir, dass der Teich kein Teich ist, sondern ein langer, zugefrorener Fluss. Einer, auf dem ich davonfahren könnte, hinter den Zaun, ins Land der ewig Unglücklichen, vor dem die Prophetin uns tagtäglich in ihrer Predigt warnt. Einhellig singend stimmt die Gemeinschaft dann in ihre Warnung ein.
Vom Rand höre ich eine meine Mütter rufen, dass ich ins Haus kommen soll.
Ich fahre noch eine Acht.

Höhlenmenschen

David steht am Fenster. Kalte Luft dringt durch die schlecht isolierten Ritzen.
Unter ihm liegt der vom Tankstellenlicht angestrahlte Asphalt in glitzerndem Türkis. Er sieht Alba und Lauro, die in den Wellen paddeln und darauf warten, dass auch er endlich von der Klippe springt, damit sie zusammen in die nächste Bucht schwimmen können. Er sieht rote Quallen, die Alba und Lauro nicht interessieren, weil sie Neoprenanzüge tragen und die Nesselfäden nicht schmerzhafter sind als Bienenstiche. Er sieht ein Tragflächenboot Richtung Festland vorbeiziehen und dahinter, viel kleiner, Chris im Heck des Schlauchboots neben dem Außenborder. Vor ihm ein blasses Touristenpaar, das die Krempen seiner Strohhüte festhält.

1

Alba und Lauro hatten auf Lipari gelebt, ein kleines Bed & Breakfast oberhalb der Stadt betrieben. Mit einfachen Zimmern ohne Fernseher, umgeben von einem Garten voller Kakteen. Gerechnet hatte sich all das nie, und so mussten sie irgendwann aufgeben. Sie zogen zurück nach Palermo, um im Café von Lauros Eltern zu arbeiten.

David und Chris waren jedes Jahr in den Ferien auf die Insel gefahren. David unterstützte Alba in der Küche, und Chris half Lauro mit dem Boot. Die vier hatten sich während einer Streckenstörung kennengelernt. Über eine Stunde saßen sie damals zwischen den S-Bahn-Stationen Beusselstraße und Westhafen in einem Waggon fest. Hinterher hatten sie ihre wiedergewonnene Freiheit gefeiert und waren Freunde geworden.

Zwischenzeitlich hatte David den Kontakt zu Alba und Lauro abgebrochen. So verpasste er die Geburt ihres Sohnes, schaffte es nicht einmal, ihnen zu gratulieren, obwohl sie ihm zu allen möglichen Gelegenheiten Bilder und Einladungen schickten. Zu seiner Verwunderung hörten die beiden nie damit auf. Und als er ihnen vor wenigen Wochen endlich schrieb, freuten sie sich einfach nur aufrichtig. Er wollte sie besuchen, noch in diesem Jahr. Er fühlte sich bereit dazu, hatte aufgehört zu warten.

2

Der Sommer, in dem Chris verschwand, war ihr fünfter auf der Insel gewesen. Sie waren Mitte dreißig und sprachen öfter als früher über die Zukunft, überlegten zusammenzuziehen, die nächsten Schritte zu wagen, vielleicht sogar zu heiraten. Chris fing öfter davon an als David, was nachträglich so wirkte, als habe er sich selbst Angst machen wollen.

»Die Engländer warten sicher schon«, sagte Chris. Wenige Stunden zuvor hatten sie alle zusammen gegessen. Wenn genügend Gäste im Haus waren, veranstalteten Alba und Lauro regelmäßige Abendessen auf der Terrasse. David mochte es, mit Alba stundenlang in der Küche zu stehen. In dem Restaurant in Charlottenburg, das ihn ausgebildet hatte, war nie so viel Zeit gewesen.
Die Gruppen, die sich zu diesen Essen bildeten, waren meistens so heterogen, dass sie im Alltag und ohne das Meer im Blick wohl niemals zusammengefunden hätten. Sie waren ein gutes Bonusgeschäft.
Neben dem Bed & Breakfast boten Alba und Lauro Bootstouren entlang der felsigen Küste an. Chris übernahm diese Aufgabe gern. David erschien es wie selbstverständlich, dass ein Fluglotse es hin

und wieder genoss, das Steuer selbst in der Hand zu halten.
An jenem Abend verabredete Chris sich mit einem Rentnerpaar aus Leeds für den nächsten Tag.
»I'm afraid of the jellyfish«, sagte die Frau angetrunken, kurz bevor sie alle ins Bett gingen.
»You don't have to«, antwortete Chris und lächelte beruhigend. »They're beautiful, like tiny underwater-parachutes.«

»Die Engländer warten sicher schon.«
Chris küsste David, streifte das Kondom ab, zog seine Badeshorts an und griff nach der kleinen Reisetasche, in der sich alle Dinge befanden, die er für die Tour benötigte. Als er in der Tür stand, wälzte David sich im Bett in Position für einen zweiten Schlaf.
»Kippt bloß nicht um«, rief er ihm noch hinterher.

3

Weil es regnete, saßen nur wenige Möwen draußen auf den Steinen. David hatte Mühe mit dem glitschigen Aufstieg. Vor dem Eingang blieb er stehen und fing an zu rufen. Als nichts zurückkam, ging er hinein.

Noch glaubte er, dass nicht ihm, sondern Chris das Unglück zugestoßen war.

Erst am Abend würde ihm auffallen, dass Chris zwar Kleidung, Kosmetik und den angefangenen Roman zurückgelassen hatte, sein Reisepass, der sonst immer bis zur Abreise in der Nachttischschublade lag, fehlte jedoch.

In der Nacht würde er eine SMS lesen:

Bitte such mich nicht.

Es tut mir leid.

Ein Textblock aus zwei Sätzen mit jeweils vier Wörtern. Mehr würde nicht kommen. Obwohl er Dutzende Nachrichten zurückschreiben würde.

Am dritten Tag würde er überlegen, die Carabinieri zu kontaktieren, auch wenn es unwahrscheinlich war, dass man nach einer erwachsenen Person suchte, die offensichtlich aus freien Stücken verschwunden war, und sich schließlich dagegen entscheiden.

Am vierten Tag würden seine Nachrichten nicht

mehr zugestellt werden, die gewählte Rufnummer nicht länger vergeben sein.
Am fünften Tag würde er wieder in Berlin ankommen und zu Chris' Wohnung fahren. Sie würde leer sein. Die Nachbarin würde sagen, sie habe ihn seit Wochen nicht gesehen.
Er würde Chris' Eltern anrufen, seine Freunde, Arbeitskolleg*innen. Niemand würde etwas wissen.
Am sechsten Tag würde er begreifen, was er seit dem ersten Tag ahnte, aber nicht wahrhaben wollte, weil er sicher war, dass es ihn nicht mehr loslassen würde.

Die Höhle war Chris' Lieblingsort auf der Insel gewesen.
»I want to move in here! Instantly!«, hatte er gesagt, als Alba und Lauro sie ihnen zum ersten Mal zeigten. Damals hatte David nicht hören wollen, dass er in diesem Plan nicht vorkam. Zu intensiv hatte es nach Salz gerochen, meditativ und dunkelgrün war das Wasser durch den Korridor geschwappt.
Als sie Tage später auf Luftmatratzen in der Höhle übernachteten, hatte Chris vor dem Einschlafen geflüstert: »So könnte man auch leben.«
David hatte seine Begeisterung nicht nachvollziehen können. Es war zu kalt und ungemütlich. Außerdem war er die ganze Nacht darauf bedacht gewesen, sich im Schlaf nicht zu bewegen, um nicht ins Wasser zu stürzen.

David war schlecht. *Kipp bloß nicht um*, dachte er. Lauro und Alba kamen zu ihm in die Höhle. Der Sand an ihren nackten Füßen war noch feucht. David war schon vor dem Anlegen in Sandalen voraus in die Brandung gesprungen.
Er hatte nicht warten wollen, bis das Schlauchboot auf den Strand gezogen war. Das Schlauchboot, mit dem Chris die Engländer hatte um die Insel fahren wollen. Die Engländer, die nach langem Warten schließlich enttäuscht abgereist waren. Woraufhin Lauro bei David geklopft und nach Chris gefragt hatte. Gemeinsam waren sie zum Hafen aufgebrochen. Dort hatte das Boot an seinem Mauerplatz gelegen. Lauro hatte den Hafenmeister befragt und David alle paar Sekunden die Wahlwiederholungstaste seines Handys betätigt. Irgendwann hatten sie aus Ratlosigkeit beschlossen, es könne sich nur um einen schlechten Scherz von Chris handeln, er würde schon wieder auftauchen, und bald könnten sie alle darüber lachen.

Wortlos fuhren die drei zurück. Nachdem David sich übergeben hatte, lag er im Bugbereich und starrte in den klarer werdenden Himmel. Er spürte sein Handy und öffnete die Mail-App. Zwei Bekannte luden sie zu ihrer Hochzeit ein.

4

Trüb windet sich der Tag aus der Nacht. Die Espressokanne blubbert, und David nimmt sie von der Flamme.
Chris kommt in die Küche.
»Hallo«, sagt er leise.
Es klingt schrecklich banal.

Als er am Vorabend vor der Tür stand, wirkte er erschöpft und doch, trotz der hinzugekommenen Falten und dem schütter gewordenen Haar, nicht so alt, wie David sich selbst fühlte.
»Hier lebst du jetzt also«, sagte Chris, als sie sich gesetzt hatten.
»Hier lebe ich«, wiederholte David und spürte, wie sich das Vakuum der vergangenen zehn Jahre mit Ablehnung füllte.
»Ich …«, setzte Chris an und blieb doch stumm, als wären ihm die nächsten Worte nicht geheuer.
Also sprach David: »Weißt du, dass wir am Tag, nachdem du verschwunden warst, die ganze verdammte Küste abgefahren sind und ich mir in deiner beschissenen Höhle die Seele aus dem Leib gebrüllt habe, weil du gesagt hast, dass du da leben willst?«
»Leben könntest«, korrigierte Chris ihn leise, faltete

die Hände und führte sie an die Lippen. Für einen Moment wirkte es, als wollte er einen Vogelruf imitieren.
Lange schwiegen sie und schauten aneinander vorbei.
Als David die Stille und den Wandausschnitt neben Chris' Kopf nicht mehr ertrug, sagte er: »Du kannst hier auf der Couch schlafen, wenn du möchtest.«

»Es lag nicht an dir«, sagt Chris.
Der Dampf aus seiner Tasse trennt sich unter seinem Kinn. David kommt sich vor wie bei einem esoterischen Ritual. Chris, der Guru, versucht ihn von etwas zu überzeugen, woran er nicht glauben will.
Sein Handy klingelt. Er ist froh über den Ton, der in die Szene schneidet. Es ist seine Schwester. Sie weiß, dass er das Wochenende frei hat, und will ihn wahrscheinlich überreden, mit rauszukommen. Vielleicht zum Kinderbauernhof im Görlitzer Park oder zum Kastaniensammeln. Irgendwas, das ihren Kindern Spaß macht und also auch ihm. Zumindest wünscht sie es sich so. Als seine Schwester aufgibt, hält er das Telefon in der halb ausgestreckten Hand wie eine Filmfigur, die sich die Waffe vom Gegner abnehmen lässt.

Statt etwas zu erklären, sieht Chris auf sein eigenes Handy. Ein uraltes Modell, das für David genauso wenig in die Gegenwart passt wie Chris selbst.

»Ich muss noch mal weg«, sagt er.
David schluckt.
»Bootstour?«, fragt er.
»Nein … ich …«
»Schon gut«, wehrt David ab.
Chris stellt die Tasse auf den Tisch.
»Darf ich später wiederkommen?«
David schüttelt den Kopf. »Vielleicht muss ich auch noch mal weg«, sagt er.
»Dann warte ich, bis du zurückkommst.«
Als ob du wüsstest, wie das geht, denkt David.
Der Satz gehört ihm, Chris wird ihn niemals für sich beanspruchen können.

Das Ende zieht sich hin. Je näher sie der Tür kommen, desto zögerlicher werden ihre Bewegungen. Flüchtig streifen Chris' Fingerspitzen Davids nackten Unterarm. Er wehrt sich gegen die Vorstellung, ihm den Weg zu versperren, Chris in die Knie zu zwingen. Gegen die Lust, selbst in die Knie zu gehen. Gegen die Tränen, die kommen werden, wenn Chris gegangen ist und er von innen an die Tür gelehnt dasitzen wird.

5

David tigert auf und ab. Er versucht fernzusehen, zu lesen, zu rauchen. Minutenlang starrt er die Couch an, auf der Chris geschlafen hat. Der Bezug ist glatt gezogen, Decke und Kissen sind aufgeschlagen. Alles wirkt wie unberührt.

Als Chris um fünf Uhr nachmittags noch immer nicht zurück ist, geht er vor die Tür und weiter in den Supermarkt am Ende der Straße. Die Laternen und die Tankstelle beginnen gerade zu leuchten. Er beschleunigt seine Schritte.
An der Kasse gibt er versehentlich eine falsche Geheimzahl ein und verliert ein paar Minuten. Fast rennend kommt er zu Hause an, nimmt zwei Stufen auf einmal.
Oben liegt nur die Fußmatte vor der Tür.

Um sechs fängt er an zu kochen. Lasagne, eine Kindheitserinnerung, die aufgewärmt noch besser schmeckt. Er wird nichts wegschmeißen müssen. Zumindest das ist sicher. Während er Soße und Nudelplatten schichtet, beginnt die Deckenlampe zu flackern. Wie eine lautlose Sirene.

Als es klingelt, steht David bereit. Trotzdem wartet er, bis es ein zweites Mal passiert.

»Moment«, ruft er.

6

»Hallo, Onkel David.«
Die Kinder halten einander an den Händen und strahlen ihn an.
»Hier riecht's gut«, sagt Anna, die kleinere der beiden, bevor er Worte findet.
»Lasagne«, sagt er nur.
Er macht einen Schritt nach vorn und lugt um die Ecke ins Treppenhaus. »Seid ihr allein?«
»Mama meinte, du freust dich, wenn wir dich besuchen«, sagt Leonie.
Die Mädchen rennen an ihm vorbei in die Wohnung, ihre Sneaker blinken rot.

Als er den beiden eine Limo aus dem Kühlschrank geholt hat, fragt er: »Wo ist Charlotte?«
»Mama will baden. Du sollst uns um zehn zurückbringen«, antwortet Leonie und schaut durch das Ofenfenster zu, wie der Käse Blasen wirft.
»Wann ist die denn fertig?«
»Gleich«, sagt David.
Seine Schwester wohnt nur eine Straße weiter. Meistens ist er froh darüber.

Die Mädchen sitzen auf dem Wohnzimmerteppich und sehen fern. Eine Samstagabendshow mit Kindern und Kai Pflaume. In der Küche wählt David den Kontakt aus. Nach dem dritten Ton nimmt sie ab.

»Sind die beiden da?«

»Ja, sind sie. Woher wusstest du, dass ich zu Hause bin?«

»Ist nicht schwer vorherzusagen, Bruderherz, du verkriechst dich doch immer in deiner Wohnung, wenn du frei hast. Du bist ein Höhlenmensch. Und die zwei lieben dich eben. Freust du dich nicht über ihre Gesellschaft?«

Wieder beginnt das Licht zu flackern.

7

Umstellt von Kerzen haben sie von der Lasagne gegessen.
Da der Stromausfall den gesamten Bezirk getroffen hat, hielten Charlotte und er es für besser, dass die Kinder über Nacht bei ihm blieben.

Sie spielen Mensch ärgere Dich nicht, dann liest er ihnen vor. Zwischen dem Würfeln und den Kapiteln horcht er immer wieder in Richtung Tür, obwohl auch die Klingel gar nicht funktionieren kann.
Irgendwann schlafen sie zu dritt in seinem Bett ein.

Nachdem er die Mädchen am nächsten Morgen zu seiner Schwester gebracht hat, läuft er zurück. Die Luft kommt ihm klarer vor, als hätte der Blackout sie rein gewaschen.

Zu Hause zieht er das Laken von der Couch, stopft Kissen und Decke in einen Müllsack. Den Bereich um die Couch saugt er mehrmals gründlich sauber.

Als er Hunger bekommt, wärmt er die Lasagne auf. Es schmeckt besser als gestern, und er isst mehr, als er vertragen kann. Nichts soll übrig bleiben.

8

David steht am Fenster. Kalte Luft dringt durch die schlecht isolierten Ritzen. Unter ihm fährt ein tutendes Kehrfahrzeug über den Asphalt.

»Pronto?«, sagt eine helle Stimme am anderen Ende der Leitung.

»Ciao Alba, sono io.«

Real Pain

(für A.H.)

Es ist der längste Tag des Jahres. Draußen ist es noch hell und warm, aber wegen des Lärms dürfen wir keine Bänke mehr auf den Gehsteig stellen. Während die Bar leer bleibt, wird es auf dem Bordstein vor dem Späti gegenüber voller und voller.

Nichtstun befeuert meine Paranoia. Die kleine, juckende Stelle an meinem Schienbein habe ich mittlerweile blutig gekratzt. Seit Jahren rechne ich mit schwerer Neurodermitis. Und wenn ich nicht kratze, leuchte ich mir mit der Taschenlampe vor dem Barspiegel in den Rachen, weil eine Schwellung rechts hinter der Zunge mir Sorgen macht. Als ich deswegen am Sonntag im Krankenhaus war, wollten sie mich erst wegschicken. Schließlich haben sie mich aber doch noch untersucht und mir ein entzündungshemmendes Spray mitgegeben. Wenn es sich dadurch nicht bessert, soll eine Gewebeprobe entnommen werden.
In der Gruppe habe ich erzählt, dass es jetzt so weit sei, aus der Einbildung sei eine Tatsache geworden.

Dabei schwirrte mir unablässig das Wort endlich durch den Kopf:
Endlich hast du es geschafft.
Endlich gibt es einen Grund.
Endlich wirst du wirklich endlich.
Ich habe stundenlang geheult. Die Gruppe hat mir zugehört und auf die Schulter geklopft. Alle in der Gruppe sind weiß, männlich, erbärmlich. Wie der Aufsichtsrat einer Bank oder eines Autokonzerns. Mit dem Unterschied, dass wir uns für uns schämen.
Zu meiner Therapeutin sagte ich später: »Wissen Sie, das Gefühl, dass ich mir das alles irgendwie gewünscht habe, geht nicht weg.«
»Noch ist doch gar nichts definitiv«, war ihre Antwort.
»Ich weiß aber, dass es diesmal nicht gut ausgeht«, erwiderte ich.
Schon vor der Wucherung sind mir die Haare ausgefallen. Eine kreisrunde Stelle am Hinterkopf hat mittlerweile den Durchmesser einer Zweieuromünze.
»Wahrscheinlich nur ein Stresssymptom. Aber wir können Syphilis gerne noch mal ausschließen«, sagte die Hautärztin.
Mir wurde Blut abgenommen. Ich hatte panische Angst vor dem Testergebnis. Es war negativ. Zur Sicherheit wiederholte ich den Test in einer anderen Praxis. Wieder war das Ergebnis negativ.

Takumi leistet mir Gesellschaft.
»Don't you think it's growing?«, frage ich, ihm die kahle Stelle vorführend.
Auf Seiten wie *NetDoktor*, *Onmeda* und *symptome.de* habe ich gelesen, dass bei einer Alopecia areata alle Körperhaare inklusive Wimpern und Augenbrauen ausfallen können und die Schulmedizin ratlos ist.
»Not sure, maybe«, sagt er nur.

Takumi ist Zeichner. Wir haben uns in einem Wartezimmer kennengelernt. Vor zwei Jahren zog er aus Osaka hierher. Seine Hände sind trocken und schuppig, weil er sie zwanghaft wäscht und desinfiziert. Man kann es besonders gut sehen, wenn er Zigaretten dreht oder seine Gitarre stimmt.
Zusammen mit Susan machen wir Musik. Wir nennen uns *Real Pain*, ich sitze am Schlagzeug. Wenn es jemand wissen will, sage ich, dass wir LoFi-Emo spielen, angelehnt an den Midwest-Sound der Neunziger. Aber es fragt kaum einer. Für unsere erste EP haben wir draufgezahlt, und unser erster Auftritt war genau hier, weil ich Boris, dem die Bar gehört, überreden konnte. Eine Kollegin, die eigentlich Schauspielerin ist, schlug nach dem Abend – sieben Menschen, fünf davon Bekannte – vor, man sollte Workshops für Kinder besorgter Mittelstandseltern anbieten. »Wir sind perfekte Beispiele dafür, warum man lieber Maschinenbau studieren und gar

nicht erst mit dem Kunstscheiß anfangen sollte«, sagte sie.

»*Cap'n Jazz* were the best band ever«, sagt Takumi.
»True«, antworte ich und schiebe den Lautstärkeregler nach oben. Takumi versucht, mit den Eiswürfeln seines leeren Cola-Glases im Takt mitzuklirren. Andere sitzen wahrscheinlich gerade in irgendeinem Thinktank, einem Aufnahmestudio oder immerhin vor dem Späti. Wir hocken in einer leeren Bar und sagen Nick Hornby-Sätze auf.
»Another Coke?«
Er zuckt die Achseln. »Why not.«

Kurz nach Mitternacht sind Takumi und der Tag endgültig gegangen. Ich reinige das Astloch im Tresen. Exakt 2cl Schnaps passen hinein, und alle, die hier arbeiten wollen, müssen nach der Probeschicht einen Tequila aus dem Holz schlürfen.
Da verirrt sich doch noch jemand durch die Tür.
»Wir schließen gleich«, sage ich.
»Schade«, kommt es unter der schwarzen Basecap hervor. »Ein Bier vielleicht?«
Ich nehme den Zeigefinger aus dem Loch. Mit dem Tuch, das ich darübergestülpt habe, fühle ich mich wie ein schlechter Bauchredner mit einem kleinen, schmutzigen Gespenst.
»Okay, ausnahmsweise«, lasse ich es sagen.

»Danke«, sagt er, als ich ihm das Bier hinstelle. Von Nahem und bei Licht betrachtet, sieht er jünger aus, als ich vermutet hatte.
Er inspiziert das Astloch.
»Sieht aus wie Sauron«, sagt er.
»Was?«
»Herr der Ringe, das böse Auge.«
»Hab ich nie gesehen.«
Für Boris sieht das Astloch aus wie eine Vulva. Deswegen findet er es doppelt lustig, wenn jemand mit der Zunge den Schnaps rausschlabbern muss.
»Was ist das für Musik?«
Mein Rechner spielt gerade unser Demo, Susan singt:
»*First World Problems surround me/I'm just another bubble floating into triviality/So please, let me burst*«
»Gefällt's dir?«, frage ich.
»Klingt traurig«, antwortet er.
Ich will ihm sagen, dass es meine Band ist, dass wir LoFi-Emo spielen und unser Stil sich an den Midwest-Sound der Neunziger anlehnt. Doch da heult er plötzlich.
»Alles in Ordnung?«
Natürlich schüttelt er den Kopf. Manche Fragen sind so saublöd.
»Kenn ich gut«, sage ich.
Er vergräbt das Gesicht in seinen Händen. Ich denke darüber nach, wie gründlich er sich das Astloch angeschaut hat. Wie ein auffälliges Muttermal, wie eine haarlose Stelle. Außerdem hat er die

Erdnüsse nicht angerührt, was ich genauso mache, wenn ich nicht weiß, wessen Finger vorher darin gewühlt haben.
»Warum hab ich ihm nicht gereicht?«, schluchzt er.
Es ist armselig, aber ich bin enttäuscht, dass es nicht um seinen Körper geht, dass er einfach nur Liebeskummer zu haben scheint.
Er nimmt die Hände vom Gesicht, seine Augen sind zwei durchweichte, rote Schwämmchen.
»Was hältst du von offenen Beziehungen?«, fragt er.
»Noch nicht probiert«, antworte ich.
Er wischt sich die Augen trocken, zwei überreife Himbeeren.
Und Susan singt ein letztes Mal den Refrain:
»*First World Problems surround me …*«

Eine Viertelstunde später sitze ich neben ihm auf der anderen Seite des Tresens. Nur mein Handy liegt zwischen uns. Ich zeige ihm die neuesten Skizzen von Takumi.
Als ich das letzte Bild, ein mit Sonne und Mond jonglierendes Schnabeltier, weggewischt habe, sagt er: »Ich könnte für eine Weile zu meiner Schwester nach Thailand.«
»Was macht sie da?«
»Das gleiche wie du. Aber die Bar, in der sie arbeitet, ist in einem Baumhaus, hat sie mir geschrieben … überall Papageien drum rum.«
»Das Dach der Bar muss krass aussehen.«

»Ist aus Bambus, glaub ich.«
»So mein ich's nicht.«
»Wie dann?«

Wir fahren mit der Tram über die Brücke. Das Geländer hängt voller Schlösser, viele in Herzform.
»Ich fände es in Ordnung«, sagt Hanno, »wenn einer käme und die Scheißdinger abflexen würde.«
Hanno, das hat er mir verraten, als wir los sind.
Ich bücke mich, um mich am Schienbein zu kratzen.
»Ich hab Glück«, sagt er. »Mücken lassen mich zufrieden.«
»Ist kein Stich.«
»Was dann?«
»Ich weiß nicht, wahrscheinlich Neurodermitis.«
»Soll ich mal schauen? Meine Schwester hatte das als Kind ziemlich schlimm.«
»Schon gut«, sage ich und richte mich auf. »Nächste müssen wir raus.«

Die Fabrik gehört den Papageien. Früher wurden dort Schuhe hergestellt. Anfang April haben Takumi, Susan und ich uns hier für unser erstes Musikvideo filmen lassen. Wir trugen Zeitungshüte und Einwegoveralls zum Schutz. Rausgekommen ist ein verwackelter Clip, dessen Aufrufe bei YouTube im niedrigen dreistelligen Bereich liegen. Außerdem haben wir uns dabei geschlossen erkältet. Vogelgrippe war mein erster Gedanke. Und der zweite, dass ich vergessen hatte, wie das Mittel dagegen hieß. Tamiflu, klärte der Apotheker mich auf, das sei aber verschreibungspflichtig. Auf dem Weg in die HNO-Praxis dachte ich, dass Tamiflu zu niedlich für ein Grippemittel klingt. Und einmal mehr, dass ich dieses Mal wirklich sterben würde.

Obwohl eine großgewachsene Platane vor der Fabrik steht, ziehen die Papageien das leer stehende Innere vor. Seit Jahren versucht der Bezirk, das Gebäude abzureißen, doch bisher konnten es engagierte Tierschützer*innen verhindern. Auch weil sie die Unterstützung zugezogener Familien aus Süddeutschland haben. Halsbandsittiche seien ein menschenverursachtes Problem, für das der Mensch jetzt auch Sorge tragen müsse, argumentieren sie. Außerdem verhindere die Anwesenheit der Halsbandsittiche ein weiteres Junkie-Quartier im Kiez.
Es raschelt und krächzt leise, als wir auf der Schwelle stehen bleiben.
»Was gibt's hier?«, fragt Hanno.
Ich leuchte nach oben. Die Sittiche hocken in Löchern und auf Vorsprüngen im alten Mauerwerk. Ihre Augen sind rot wie die von Hanno.
»Wow«, flüstert er.
Ich richte das Licht gegen die Wände und weiter auf den Boden.
»Wow«, wiederholt er. »Das ist alles von denen?«
»Alles«, bestätige ich. »Kacken wie Weltmeister.«

Wir laufen in Richtung meiner Wohnung.
»Danke für den Dschungel-Spoiler«, sagt Hanno.
Ich nicke.
»Bleib mal stehen«, sagt er.
Und dann zieht er mich an sich ran. Bevor er mich küssen kann, drehe ich das Gesicht weg.
»Sorry. Ich dachte, du hättest auch Lust drauf.«

Statt Hanno auszuziehen und mich von ihm ausziehen zu lassen, strecke ich meinem Spiegelbild flennend die Zunge raus und taste mit zwei Fingern nach der Schwellung. Ich muss heftig würgen. Die Zunge ist rau und pelzig. Ich greife mein Handy. Google sagt *Soor*, also Mundpilz, bekommt man *vor allem bei Immunschwäche*. Dann nehme ich den kleinen Handspiegel, um nach der kahlen Stelle zu sehen. Sie ist elfenbeinfarben und scheint noch größer geworden zu sein. Während ich am Rand der Stelle an den Haaren zupfe, denke ich an Hanno. Daran, dass er mich tatsächlich wollte.
Das Telefon summt.
Good News! Check out our video on YouTube!
xo, Tak.
Ich sinke auf die Fliesen, öffne die Seite und sehe, dass unser Video nach drei Monaten seinen ersten Kommentar bekommen hat: *Keep going!*, schreibt GetUpKid84.
Ich schließe meine brennenden Augen.

Wouldn't it be nice

»Charles Manson ist tot.«
Es ist das Erste, was er hört, als er das Radio einschaltet. Der kleine Apparat läuft pausenlos, wenn er in der Backstube steht. Ohne Licht könnte er arbeiten, aber nicht ohne Radio. Das berechenbare Zusammenspiel von Nachrichten, Verkehrsfunk und Musik funktioniert wie ein Herzschrittmacher für seine Handgriffe und den ganzen Raum.

Er führt die Bäckerei in der dritten Generation. Schon lange übersteigen die Ausgaben die Einnahmen. Nach ihm kommt niemand mehr, der den Betrieb in der vierten Generation führen könnte. Eine Zyste an der Gebärmutter seiner Frau löste den Gedanken an eigene Kinder früh auf.

Seit fünf Jahren ist er allein, wenn der Wecker um zwei Uhr früh klingelt. Er stellt dann den Alarm ab und starrt in die Finsternis. Die schwarze Formlosigkeit fesselt ihn minutenlang an die Matratze. Irgendwann quält er sich unter die Dusche und weiter in Arbeitshose und Arbeitshemd.

Er geht die siebenundzwanzig Stufen von der Wohnung in die Backstube hinab und macht Licht, Radio und Öfen an.

Sie hat ihr neues Leben über das Internet kennengelernt. Eine zehn Jahre jüngere Frau aus der Stadt. Die beiden wollten zusammen in die USA gehen. So viel er weiß, leben sie jetzt tatsächlich dort.
Bis sie ihm eröffnete, dass sie fortgehen würde, dachte er, sie nutze den Computer ausschließlich für die Buchhaltung. Zumal das Internet hier oben so langsam ist, dass ein Nachrichtenmagazin vergangenes Frühjahr einen Beitrag darüber gedreht hat.
»Durch Leerstellen wie diese im Glasfasernetz provoziert man die Landflucht, hebt Gräber für ganze Ortschaften aus«, heißt es im Film, der für niemanden etwas verändert hat.
Erst als sie fort war, begriff er, wie viel Geduld und Willen sie aufgebracht haben musste.
Auch er sucht seitdem online nach Ablenkung, sieht zu, wie die aufgerufenen Seiten sich im Zeitlupentempo aufbauen, Videos buffern, und die Gesichter und Genitalien der nackten Körper verzerrt im Nichts hängen bleiben.

Er ist müde, immer, doch heute Morgen besonders. Der November drückt. Seine Arthritis in Wirbelsäule und beiden Knien wird spürbar schlimmer.

Nachdem er die Bleche mit den Nusshörnchen in den Ofen geschoben und Brezelteig vorbereitet hat, macht er Pause und setzt sich an den kleinen Tisch, den sein Vater gebaut hat. Das über die Jahre blass gewordene Holz ist übersät mit Wurmlöchern und den Furchen der Kaffeetassen, die dort abgestellt wurden.
Er dreht den Suchlauf des Radios und bleibt bei einem Kultursender hängen, der eine Reportage über die Manson-Morde bringt. Obwohl der Mann, wie er erfährt, mit einer Körpergröße von 1,57 Meter noch um einiges kleiner war als er selbst und ganze 48 Jahre in kalifornischen Gefängnissen zugebracht hat, ist er eine Legende.
Im Gegensatz zu Manson würde man über ihn, sollte nach 54 Jahren morgen Schluss sein, nicht ein Wort verlieren.

Gegen vier Uhr schiebt er die Laibe in den Holzofen. Sie war die treibende Kraft hinter dieser letzten Investition. Und tatsächlich hatte sich der Kredit, den er der Bank dafür abbetteln musste, anfangs sogar gelohnt. Damals waren der kleine Skilift und die Wirtschaft am Hang noch offen, war noch genügend Schnee in den Wintermonaten gefallen. Auf der Karte der Wirtschaft standen zwei Gerichte, Nudelsuppe und Wiener Würste. Zu beidem reichte man Holzofenbrot.
Mittlerweile ist die Bäckerei neben der Tankstelle

am nördlichen Ortsausgang das einzige Geschäft im Dorf. Und die Hälfte aller Häuser steht leer. Eine Schussfahrt ins Nichts.

Punkt sechs Uhr schließt er die Ladentür auf. Er weiß genau, wer zuerst und wer zuletzt kommen wird, weiß, wer Hartz IV und wer eine lächerliche Rente bezieht, wer Krebs hat und wer Parkinson. Er weiß, was er zu sagen hat und dass es nichts zu sagen gibt:
»Grüß Gott.«
»Grüß Gott.«
»Wie immer?«
»Genau.«
»Sauwetter. Tut einem alles weh.«
»Alles, ja.«
»So, bitte.«
»Danke.«
»Bis morgen.«
»Bis morgen.«

Um zwölf schließt er die Tür wieder zu, steigt die siebenundzwanzig Stufen zur Wohnung hinauf und erhitzt einen Eintopf aus der Dose.
Nach dem Essen legt er sich auf das Sofa im Wohnzimmer, die Federn quietschen wie Ferkel unter seinem Gewicht.
Er stellt sich das Klappern von Geschirr aus der Küche vor, ihr leises Summen dazu.

Sie wurde ein Stück weiter oben geboren. Dass er sie mochte, merkte er, als es einen Winter wochenlang schneite und sie deshalb nicht zur Schule durchkam. Sie saß auf dem Platz vor ihm in der Klasse. Eigentlich hatte sie immer weggewollt, aber als ihre Eltern krank wurden, pflegte sie diese bis zu deren Ende. Er half ihr, das Haus zu verkaufen, und fragte die Frage. Sie sagte ja und zog mit ihm in ein sehr viel kleineres Haus im Ort. Er lernte und arbeitete bei seinem Vater, und sie half seiner Mutter an der Theke. Als seine Eltern starben, übernahmen sie schließlich den Betrieb.
Er schlägt die Augen auf und krallt sich in den Sofastoff. Irgendwann hat er sich vorgenommen, ihr gemeinsames Leben als nüchternen Bericht zu erinnern. Dennoch spürt er die Details, die schönsten und die schlechtesten, und wie sie versuchen, an die Oberfläche zu drängen, wie Taucher ohne Sauerstoff.
Schnell setzt er sich auf. Die Taucher stoßen ans Eis. Er hört ihr dumpfes Klopfen, als er zum Schrank geht.

Die Stiefel sind schwer und fühlen sich so klamm an, als hätte er ein Paar feuchte Mehlsäcke übergestülpt. Seine Sohlen schlurfen über den Asphalt. Vor den bewohnten Häusern knirscht das Streusalz. Alle paar Meter, rutscht ihm der Gurt von der Schulter. Er zieht ihn enger und sieht sich um. Niemand sonst ist unterwegs.

Kurz vor der Tankstelle beginnt es zu nieseln. Tropfen so fein wie aus einem gewaltigen Zerstäuber gehen auf ihn nieder. Ein Auto kommt die Straße entlang und hält auf seiner Höhe. Aus dem geöffneten Beifahrerfenster spricht ihn ein Junge an: »Gibt's hier 'n Laden? Die Tanke hat dicht.«

Mit ihm im Wagen sitzen vier weitere Jugendliche. Aus müden Augen sieht er ihnen entgegen, ein schwer atmendes Mahnmal der Einsamkeit.

Der Junge wiederholt seine Frage lauter. Als er es endlich schafft, den Kopf zu schütteln, kippt der Hut ihm über die Augen. Er schiebt ihn wieder zurecht.

»Na Scheiße«, sagt der Junge.

Das Auto fährt davon. *ABI 2017* kann er noch in der Heckscheibe lesen, bevor es im Niesel verschwindet.

An der Kapelle schlägt er den schmalen Weg links neben der Piste ein. Auf halber Strecke baumelt ein letzter Bügellift im Wind. Ein aufgeplusterter Milan kauert neben der T-Stütze im Gras. Entweder hat der Vogel gerade gefressen, oder er lauert auf etwas. Sie halten beide kurz inne. Dann setzt er den Aufstieg fort.

Frühmorgens ist die beste Zeit, wenn der Tag langsam aus dem Dämmer sickert. Aber gegen Jahresende sind die Tage ohnehin kaum heller als die Nächte.

Seit einer knappen Stunde wartet er auf dem Hochsitz. Am liebsten wäre ihm ein Kaninchen, das er gleich an Ort und Stelle ausnehmen und in den Rucksack stecken würde. Oder ein junges Reh. An allem Größeren würde er zu schwer schleppen müssen. Seine Gedanken verlieren sich ins Nichts, denn außer ein paar Amseln bewegt sich kein Leben am Waldboden.

Der Kaffee ist zu dünn geworden und schmeckt wässrig. Er schenkt sich eine weitere Tasse aus der Thermoskanne ein, obwohl er merkt, dass ihn das Koffein treibt.

Eine halbe Stunde später hält er es nicht mehr aus. Er lehnt das Gewehr ans Holz, erhebt sich vom Sitzbrett und öffnet Gürtel und Reißverschluss. Der Penis zieht sich ein Stück zusammen, als seine kalten Finger ihn aus der Hose zerren. Er schiebt das Becken über den Rand und blickt dem dünnen Strahl nach, der dampfend in die Tiefe fällt.

Noch bevor er fertig ist, sieht er etwas zwischen den Stämmen hindurchhuschen. Es ist größer als ein Wintervogel und hat graues Fell.

Hastig schüttelt er ab, wischt die Finger am Anorak trocken und greift nach dem Gewehr. Er richtet den Lauf dorthin, wo er das Ziel Sekunden zuvor ausgemacht hat: bräunlicher Farn, faulendes Laub, eine abgebrochene Jungfichte. Aber nichts sichtbar Atmendes. Er schwenkt nach links, will gerade wieder absetzen, als das Tier im Zielfernrohr auftaucht.

Die Katze lief ihnen zu, als er acht Jahre alt war. Wie alt sie war, konnte man nicht sagen. Jedenfalls war es ein Weibchen und kein Baby mehr. Das Fell über dem ausgemergelten Körper war schwarz und verfilzt, und seine Mutter drehte sechs Zecken mit einer Pinzette heraus. »Scheint es als Wildkatze versucht zu haben«, sagte sie und kraulte das Tier hinter den Ohren. Er durfte sie behalten, und bald war sie auch seinen Eltern so lieb wie ihm selbst. Damit die Katze nicht wieder ausriss, sollte sie drinnen oder hinter dem Haus im Garten bleiben.
An einem Vormittag, seine Eltern waren mit Brot auf dem Wochenmarkt im Nachbarort, spielte er mit ihr im Verkaufsraum. Er zog eine Kordel über die Kacheln, und die Katze versuchte, sie mit den Vorderpfoten zu schnappen. Irgendwann klopfte es ans Glas der Ladentür. Er sah auf und erkannte den Postboten, der ihn lächelnd bat, doch die Tür aufzuschließen. Mit der Kordel in der Hand ging er hin und öffnete.
»Grüß dich, Junge, sind deine Eltern nicht da?«
»Die sind zum Markt«, antwortete er und schwang dabei die Kordel in Richtung Straße. Zu dieser Zeit gab es dort noch Verkehr. Er sah die Katze ins Freie flitzen, blitzschnell und nicht mehr aufzuhalten.
Stunden später blickten seine Eltern finster auf ihn herab. Sie gaben ihm die Schuld, nicht dem Postboten oder dem Autofahrer. Und schon gar nicht der Katze selbst.

»Zum Glück hast du keinen kleinen Bruder mehr bekommen«, sagte sein Vater.
Von der Katze blieb bloß ein Fleck auf der Straße. Und auch der war vom Regen bald weggespült.

Die Katze im Zielfernrohr ist entweder fett oder trächtig. Er gibt einen Schuss auf den Stamm neben ihrem Kopf ab. Rinde spritzt auf. Bei seiner Flucht überschlägt sich das Tier vor Panik, es sieht aus, als ginge es um mehr als nur ein Leben.

Mit leerem Rucksack kehrt er ins Dorf zurück.
Kurz vor seinem Haus trifft er den alten Winkler auf der Straße. Der grüßt und sagt: »Die Brezeln waren besser heute. Mehr wie früher ... laugiger.«
»Freut mich«, sagt er und nickt. »Morgen gibt's für jeden eine gratis.«
»Oho«, sagt der Alte. »Wie kommt's?«
»Treudankeschön. Ein früher Nikolaus.«

Wieder erhitzt er den Inhalt einer Dose. *Texas-Topf, jetzt noch leckerer*, verspricht das Etikett.
Während er im Wohnzimmer sitzt und isst, läuft das Radio: »Mansons Wahnsinn liegt in lebenslanger Demütigung begründet.«, referiert ein sogenannter Experte. »Zeitlebens strebte er nach Anerkennung. Die Ablehnung durch Beach Boy Dennis Wilson und den Musikproduzenten Terry Melcher brachte das Fass zum Überlaufen. Manson wurde

zum passiven Killer, zum Dirigenten einer überwiegend weiblichen Schlächtertruppe, um sein Ziel, weltberühmter Popstar zu werden, doch noch zu erreichen. Gut möglich, dass das Hakenkreuz, welches er sich später in die Stirn ritzte, als immer sichtbare Erinnerung für ihn selbst diente, das allen bekannte Monster niemals kleiner werden zu lassen. Denkbar wäre außerdem, dass Manson Hitler, dessen künstlerische Ambitionen in jungen Jahren bekanntermaßen von Seiten der Wiener Kunstakademie ebenfalls zurückgewiesen wurden, als Leidensgenossen respektive Bruder im Geiste wahrnahm. Sowohl Manson als auch Hitler haben ja andere Menschen für sich töten lassen und …«

»Es tut mir leid«, meldet sich der Moderator zu Wort. »Aber unsere Sendezeit geht zu Ende. Haben Sie herzlichen Dank für das äußerst interessante Gespräch.«

»Danke auch«, schiebt der abgewürgte Experte noch knapp dazwischen.

»Bis zu den Nachrichten hören wir nun, was könnte zur heutigen Sendung besser passen, noch einen der größten Hits der Beach Boys. Kommen Sie gut durch die Nacht.«

Satt wischt er sich den Mund sauber, steht auf, schaltet das Radio ab und geht in den Keller.

Nach einem Unwetter war der Keller einmal vollgelaufen. Und nach dem Wasser kamen die Ratten.

»Jetzt hätten wir unsere Wildkatze gut gebrauchen können«, sagte sein Vater damals, ohne ihn anzusehen.
Der Einsatz eines Kammerjägers hätte sich herumgesprochen und möglicherweise geschäftsschädigend gewirkt – also besorgten sie Gift.
Gemeinsam fuhren sie in die Stadt. Der Mann, der ihnen das Gift verkaufte, sah aus wie ein kranker Vollmond, rund und fahl mit tiefen Kratern im Gesicht. Sein Vater kannte ihn von früher.
»Das Zeug wirkt stärker als alles, was du im regulären Handel bekommst«, sagte der Mann. »Wenn deine Alte dich mal nicht mehr will, reicht ein halber Löffel im Kaffee. Also schön aufpassen.«
Einen Tag später sammelten sie acht Rattenkadaver, kaum kleiner als die Katze, vom Kellerboden auf und steckten sie in einen Sack. Eine der Ratten baumelte kurz am Schwanz in seiner Hand. Das Blut aus ihrem Maul malte feine Linien auf den grauen Stein. Er musste lächeln. Als sein Vater es mitbekam, gab es eins auf den Hinterkopf.
»Das ist kein Spielzeug«, schimpfte er.
Widerwillig ließ er die Ratte in den Sack zu den anderen fallen. Um sicherzugehen, streuten sie eine weitere Prise, fanden tags darauf aber nur noch einen toten Marder, der sich in den Keller verirrt hatte.
Am Ende stand der Gifteimer ganz hinten im Regal. Die Körnchen darin sind farblos und nicht, wie üblich rosa oder blau gefärbt.

Sein Vater hatte ein Kreuz aus Klebeband über den Deckel gezogen und *Vorsicht Gift* darauf geschrieben.

Er schlingt den Teig in Form, lässt die Brezeln durch einen Laugenschleier fahren und bestreut sie mit Salz. Im Radio wird für Teile der Region vor Unwettern gewarnt.
Eine Viertelstunde später holt er die erste Runde aus dem Ofen. Hellbraun und perfekt aufgegangen liegen sie vor ihm.
»In Amerika sind sie verrückt nach Brezeln«, hört er ihre Stimme.
Aber die hier sind einzigartig, denkt er.

Als er aufbricht, ist das Unwetter bereits nah.
Tiefhängende Wolken ziehen über ihn hinweg, ein dunkles Band aus Wasser und Luft. Für eine Weile sieht er dem Himmel zu, dem Milan, der dort auf und ab taumelt. Dann zieht er den Gurt enger gegen die Brust und geht summend seinem Ziel entgegen, das ein Stück weiter oben liegt.

Yucca

Die Zimmerpflanze ist ertrunken. Selma zieht den Stamm aus der matschigen Erde. Die Wurzeln faulen bereits.
»Nichts zu machen«, sagt sie.
Den Dreh bei Pflanzen hat er nicht raus. Die Sache ist ihm unangenehm vor Selma. Seit ein paar Wochen sehen sie sich.

Sie sind schnell nackt, eine heftige Schlacht auf Federkern, mit Kissen und Küssen und Regelverstößen.
Nach dem Volltreffer verschwindet sie mit Nasenbluten im Bad.

Selma nimmt das alte Stethoskop seines Vaters von der Wand. In ihrem linken Nasenloch steckt ein Zipfel Klopapier.
Außer dem Stethoskop hat er nichts im Schlafzimmer hängen. Es gab Menschen vor ihr, die das seltsam fanden und Dinge sagten wie: »Etwas Farbe würde dem Raum guttun. Warum hängst Du nicht ein Poster auf?«

Aber er will nur etwas an der Wand haben, an dem er wirklich hängt. Vielleicht machten sie sich deshalb Sorgen und hatten, nach all den Filmen und Serien über Psychopathen, Angst, selbst dort zu enden.

Selma schiebt sich die Oliven des Stethoskops in die Gehörgänge und sucht seinen Herzschlag.
»Du bist aufgeregt«, sagt sie.
»Du bist schuld«, sagt er.

Sie verbindet ihm die Augen. Er ist immer noch nackt und sie auch. Ein paarmal dreht sie ihn im Kreis und schleicht dann weg, um sich zu verstecken.
Er tastet, stolpert, flucht. Irgendwann hört er sie kichern.
Als er sie gefunden hat, zieht sie ihn auf sich. Er will den Schal von den Augen nehmen. Sie lässt ihn nicht.

Nachts träumt er, dass Selma neben ihm schläft, und morgens wacht er auf, und Selma schläft neben ihm. Sie hat Schokolade an der Wange.

Weil es ihre erste gemeinsame Nacht bei ihm zu Hause sein würde, hatte er ihr ein Täfelchen Ritter Sport aufs Kopfkissen gelegt. Sie lachte darüber: »Du willst also Hotelporno spielen, soso«, sagte sie, verließ das Zimmer und schloss die Tür hinter sich.

»Zimmerservice«, hörte er sie kurz darauf rufen, und die Tür schwang wieder auf. Ihre rechte Hand steckte in ihrem Slip. »Ich würde hier gerne einmal feucht durchwischen, wenn's recht ist.«

Vorsichtig leckt er das Nugat auf, vertreibt den bitteren Geschmack im Mund.
»Du kannst bleiben, solange Du willst«, flüstert er.
Dann fährt er ins Krankenhaus.

*

Selma trägt eine Palme in seine Wohnung.
»Die ist extrem pflegeleicht«, sagt sie und stellt den Topf in das Lichttrapez vor der Fensterbank.

Immer samstags erzählen sie sich ihre wichtigsten Erlebnisse der vergangenen Jahre.
Als er von den Ferien auf Lanzarote mit seinem ersten Freund im Sommer vor der Jahrtausendwende berichtet, dem Petermännchen, auf das er am Strand von Caleta de Famara trat, und seiner Idee, sich zur Entzündungsbekämpfung auf den Fuß zu pissen, unterdrückt Selma ein Gähnen und sagt: »1999 war für so viele Menschen ein Schicksalsjahr.«
Lange sieht er sie an.
»War doch bloß Spaß.«
»Ich hätte wegen der Infektion fast mein Bein verloren«, sagt er ernst.

»Das wusste ich nicht, ich ...«
Er kann das Lachen nicht länger zurückhalten.
»Das war fies« sagt sie und geht zum Angriff über.
»War doch bloß Spaß«, sagt er und freut sich auf den Kampf.

Bei der Arbeit erscheint er monatelang müde, die Anziehung hält sie wach. Oft schlafen sie mehrmals die Nacht miteinander, ineinander verhakt, ein.

Jedes Mal wenn Selma zu Besuch ist, sieht sie zuerst nach der Pflanze.
»Gut gut«, sagt sie.
An einem Samstag, sie sind längst im aktuellen Jahr angekommen und sprechen über Mögliches, überreicht er ihr einen Schlüssel.

Mit Selma zieht ein Dschungel bei ihm ein.

*

Selma hat den ganzen Tag Sträußchen für eine Hochzeit zusammengesteckt und die Mittagspause zwischen jungen Gummibäumen verbracht. Mehrfach hat er versucht sie anzurufen.

Im Pyjama sitzt sie vor dem Fernseher und sieht durch das Bild hindurch. Erst spät bemerkt sie, dass die Wärmflasche undicht und der Stoff um ihren

Bauch heißnass ist. Fluchend steht sie auf und boxt in die Luft.
»Scheiße«, brüllt sie.
Als sie glaubt, einen Schlüssel im Schloss zu hören, rennt sie ins Bad.

*

Sie weiß noch, dass sie sich einen zweiten Longdrink an der Bar bestellte. Sie weiß noch, dass sie fröhlich war, weil ihre Chefin ihr am Morgen desselben Tages ein gutes Angebot gemacht hatte, und er auch nach anderthalb Jahren noch der Mann war, den sie liebte. Sie weiß noch, dass sie zurück auf die Tanzfläche ging, ein Song von den Fugees lief.
Sie weiß nicht, warum sie Stunden später auf einer Bank im Park aufwachte, frierend, es war Ende September. Sie hatte keine Jacke dabei, keine Socken angezogen für die Nacht. Sie wollte ja tanzen.
Sie weiß noch, dass sie panisch nach ihrem Handy suchte. Es steckte, neben zwei Pfandcoupons und dem Geldbeutel, noch immer in einer der Hosentaschen. Sie weiß noch, dass sie zitternd seine Nummer wählte und ihre ersten Worte sich anfühlten, als müsste sie die Sprache neu lernen.
Sie weiß noch, wie wütend er war.
»Wo bist du?«, wiederholte er immer wieder.
»Ich weiß es nicht«, antwortete sie.
Er schrie, und sie weinte, und er entschuldigte sich

und hörte auf zu schreien. Aber sie konnte nicht aufhören zu weinen. Schließlich schaffte sie es, sich auf die Sitzfläche der Bank zu stellen. Dabei tat ihr Kopf so fürchterlich weh, dass sie ihn sich am liebsten vom Hals gerissen hätte.
Hinter hohen Hecken sah sie ein U-Bahn-Zeichen.
Sie weiß noch, dass sie eine Stunde später im Krankenhaus auf einer Liege lag und untersucht wurde. Die Ärztin stellte Verletzungen der inneren Schamlippen und Hämatome an Hals, Armen und Steißbein fest. Sie machte einen ersten Bluttest, riet Selma zur Pille danach, verschrieb ein starkes Schmerzmittel und gab ihr Adressen verschiedener Beratungsstellen mit auf den Weg.
Sechs Wochen später, nach einem zweiten Bluttest, erfuhr Selma, dass sie HIV negativ war.
»Zum Glück«, sagte er und weinte vor Erleichterung.
Sie weiß noch, dass er sie dabei fest im Arm hielt.
Sie weiß noch, dass sie es nicht schaffte, seine Umarmung zu erwidern.
Sie schafft es bis heute nicht. Sein betroffener Gesichtsausdruck, sein gutes Zureden, sein Drängen, zur Polizei zu gehen, die Versprechen, die Arme und Hände, die sie halten möchten.
»Du bist das Opfer, du musst dich für nichts schämen«, sagt er, sagen alle.
Der Satz ist die Wahrheit. Besser macht er nichts.

*

Er kommt nach Hause. Sie liegt in der leeren Badewanne und hält die Luft an. Sofort hört sie ihn rufen. Das Licht, das durch das Milchglas über der Tür in den Flur scheint, hat sie verraten.

Er klopft einmal, dann zweimal schnell.
Sie atmet aus.
»Alles okay?«, fragt er.
Sie steigt aus der Wanne und entriegelt die Tür. Er blickt so betroffen, wie sie es erwartet hat, und macht Anstalten sie vorsichtig in den Arm zu nehmen. Sie schlägt mit der Faust nach ihm. Dann rennt sie an ihm vorbei ins Schlafzimmer, wühlt sich unter das Bettzeug.
»Komm nicht hier rein, hörst du!«, schreit sie und rollt sich zusammen.
Irgendwann kommt der Schlaf.

*

Müde kocht er Kaffee für zwei und trinkt seine Tasse allein. Er schreibt *Ich liebe dich* auf einen Post-it und lässt ihn auf dem Küchentisch zurück. Dann geht er zur Frühschicht.

In der Mittagspause sitzt er hinter einer verschlossenen Klotür. Er zieht den rechten Schuh und die Socke aus. Er kratzt und zählt. Fünf, sechs, sieben Stück. Wehmütig denkt er an ihre Finger, wie sie behutsam Salbe auf Mückenstichen an Stellen auf seinem Rücken verteilen, die er selbst nicht erreicht.

Er schließt die Haustür auf.
»Hallo?«, ruft er.
Auf dem Küchentisch findet er einen Post-it.
Bin über Nacht bei meiner Mutter.
Er geht ins Schlafzimmer und zieht die oberste Schublade der Wäschekommode auf.

Später sitzt er vor dem Fernseher. Er trägt ihren Pyjama und schaut eine Serie. Er ist nur unwesentlich kräftiger und schon lange nicht mehr stark.

*

Es ist noch früh, als Selma zurück nach Hause kommt. Möglichst geräuschlos dreht sie den Schlüssel und drückt die Tür auf. Aus dem Wohnzimmer hört sie Stimmen.

Zusammengekrümmt liegt er auf der Couch. Er trägt ihren Pyjama. Im Fernsehen rennen Winona Ryder und ein Sheriff gerade vor Monsterhunden davon.
Er zuckt, er blinzelt.

*

Nach langer Zeit fahren sie abends mit der Bahn in die Stadt. Sie wollen versuchen, gemeinsam auszugehen. Essen, dann Kino.
Einige Sitzplätze vor ihnen wird heftig gestritten. Erst sind es nur laute Worte und nervöse Gesten, doch plötzlich schlägt einer heftig und schnell auf den anderen ein. Er sieht sich um. Außer ihnen ist sonst niemand im Wagen. Er merkt, dass Selma Angst hat. Und obwohl er auch Angst hat, steht er auf und läuft nach vorne.
»Was soll das? Aufhören!«, ruft er.
Es bringt nichts.
Also greift er nach einer Schulter, doch bevor er sie zu fassen kriegt, trifft ihn ein Ellbogen im Gesicht.
»Verpiss dich! Das geht dich nix an!«
Blutend blickt er zu Selma. Er sieht, dass sie Angst um ihn hat. Er lächelt.
Und ballt die Faust.

DIN A6

Der Laden auf dem Foto war früher ein Gefängnis. In den Siebzigern haben die Roten Khmer dort Hunderte Menschen zu Tode gefoltert. Heute geht man einfach rein und kauft Gemüse.
Holst Du mich ab?
J.

Jonas trägt nur eine dünne Übergangsjacke, sein Rucksack überragt ihn um eine Kopflänge. Es ist noch derselbe wie vor drei Jahren. Damals landete eine verspätete Maschine aus Kolumbien in Frankfurt. Heute ist er pünktlich.
»Wem schreibst du?«, fragt er.
»Niemandem. Ich hab bloß *Snake* gespielt«, sage ich und stecke das Nokia in die Hosentasche.
»Und?«
»Bin kurz davor, meinen Rekord zu brechen.«
»Welches Level?«
»Das höchste.«
»Schön, dich zu sehen.«
»Gleichfalls.«

Immer wenn Jonas zurückkommt, sagt er etwas wie: Du siehst gut aus, lange her, schön, dich zu sehen. Nie sagt er: Schön, wieder hier zu sein.
»Willst du wirklich zuerst da hin?«, frage ich.
Er nickt.

Wir sind fast da. Ich gebe mir Mühe, den Schlaglöchern auszuweichen. Als Jungen sind wir mit unseren Fahrrädern über den Schotter gefahren. An Jonas' Stange war ein kleiner Kassettenrekorder befestigt. Wir hörten Mixtapes und versuchten die ganze Strecke freihändig zu schaffen.
Einmal stürzte ich schlimmer, fiel auf den Arm und riss mir die Wachstumsfuge. Wenn es noch einmal passiert wäre, hätte es sein können, dass der Arm nicht mit dem restlichen Körper mitgewachsen und ein Teil von mir für immer Kind geblieben wäre.

Irgendwann waren wir dann zu dritt. Esther fuhr das alte Damenrad ihrer Mutter aus und fackelte nicht lange. Sie küsste Jonas. Und Jonas küsste zurück.
Anfangs habe sie mich viel interessanter gefunden, verriet sie mir während eines Videoabends. Jonas war zum Automaten geradelt, um Kippen zu ziehen, und wir lagen Kopf an Kopf.
»Aber ich hab geglaubt, du kannst mich nicht leiden«, flüsterte sie.
Jonas kam zurück und sagte: »Wenn ihr ficken wollt, fahr ich noch 'ne Runde.«

Der Vorsprung über dem Steinbruch ist zugig, Asche weht aus der Feuerstelle an unsere Füße. Daneben ein Häufchen aus Scherben und Filtern. Wir gehen bis zur Kante. Unter uns in der Grube ruhen zwei gelbe Bagger.
»Weiß Esther, dass du da bist?«, frage ich.
Jonas sinkt in die Hocke und schaut stumm über den Rand.

Alle paar Monate essen Esther und ich zusammen. Wir treffen uns in einem italienischen Restaurant. Meistens bestellt sie Spaghetti Napoli, und ich staune über die Präzision, mit der sie die Nudeln auf ihren Löffel dreht. Nie spritzt dabei Soße auf ihr Oberteil oder die Tischdecke. Fast immer will ich sie nach dem Essen küssen. Aber dann erkundigt sie sich nach Jonas, und ich zeige ihr Postkarten oder Fotos mit beschriebener Rückseite. Er schreibt nie viel, erklärt nur das jeweilige Motiv. Zum Beispiel eine Muschelfarm im Süden Neuseelands, und wie merkwürdig es sei, Lebewesen zu ernten.

Jonas kommt nie lange zurück, weil er nicht wegkommt. Er kommt nicht von dem Gedanken weg, schuld zu sein.
Seine Lippen schimmern bläulich.
»Du wirst noch krank, lass uns abhauen.«
Ich will meine Hand auf seinen Rücken legen. Aber als ich so weit bin, steht er auf.

Lange glaubte seine Mutter, verfolgt zu werden. Ihren Mann und ihren Sohn hielt sie irgendwann sogar für Drahtzieher. Eines Nachts schlich sie aus dem Haus und weiter an den Baggersee. Dort legte sie sich mehrere 5-Kilo-Kettenschlösser um.
Als sie unterging, saßen wir auf dem Vorsprung und tranken uns Lust für den Independent-Abend in der Dorfdisco an.

»Ich hab Angst um ihn, Felix. Kannst du nicht mitgehen?«, weinte Esther, als Jonas das erste Mal fortging.
Vor einer Stunde habe ich ihr getextet, dass sie nicht kommen soll.
Er will nicht. Hoffentlich nächstes Mal.
Ja, hoffentlich. Drückst Du ihn von mir?
Natürlich …

Schweigend sitzen wir an meinem Küchentisch. Ich zünde eine Kerze an. Jonas fährt erst mit dem Zeigefinger, dann mit der ganzen Handfläche, durch die Mitte der Flamme, die einen schwarzen Streifen auf seiner Haut zurücklässt. Am Haus seines Vaters sind wir einfach vorbeigefahren.
»Wann haust du wieder ab?«
»Morgen Mittag.«
»Wohin?«
»Portugal.«

Ein stummes Bier später stehen wir in meinem Zimmer.
Er zieht die Schuhe aus, sagt: »Danke für's Bett.«
»Immer«, sage ich und schließe die Tür.
Im Wohnzimmer pumpe ich die Luftmatratze auf und krieche in den Schlafsack.
Am nächsten Morgen ist er schon weg.

Was Du siehst, ist das Cabo da Roca. Ein Dichter hat geschrieben, hier endet die eine Welt und die andere beginnt. Ich stemple den Reisegruppen Urkunden, die sie bei uns im Kiosk kaufen, um beweisen zu können, dass sie wirklich hier waren.
Frohe Weihnachten!
J.

Ich gehe mit der Karte zum Regal, nehme den Schuhkarton heraus und lege sie zu den anderen.
Aus dem Fenster sehe ich die Straße, und da sind Jonas und Esther vor mir auf dem Rad. Ich beschleunige den Tritt. Gleich hole ich sie ein.

Niagara

Sommer 2018, Golf von Mexiko:

Nach einem Zwölfstundentag ohne Pause sitzen sie dünnhäutig und ausgepowert in der Kabine und starren auf den Bildschirm.
Jemand sagt: »Wir haben in der Schlange gewartet, als es passiert ist. Wir hatten totales Glück, dass wir nicht hochdurften!«
Dann zeigen die Nachrichten Bilder: Menschen liegen am Boden, und irgendwo aus der Mitte steigt Rauch auf. Der O-Ton eines Meteorologen wird eingespielt: »Ich weiß nicht, was ich sagen soll ... derart viele Blitze aus wolkenfreiem Himmel ... unfassbar!«
»Scheiße, Daniel«, flüstert Noah.

Eine Großstadt in Deutschland, der Spätsommer im Jahr davor:

Noah schaut nach Süden. Ein Horizont wie geprügelt, blauschwarz und angeschwollen. Angeblich soll das Gewitter aber vorbeiziehen.
Eine neue Gruppe kommt auf sie zu, die Hälfte davon versucht, mit Selfiesticks den Himmel zu berühren. Knapp vierhundert Gäste befinden sich im *Niagara*, das Limit ist fast erreicht. Noah und Daniel kontrollieren Ausweise und Taschen. Die meisten Leute meiden Augenkontakt. Sie wissen nicht, dass es in der Hauptsache um Euro geht, nicht um ihre Gesichter.

»Sie sollten es selber auflecken müssen«, sagte Daniel an diesem Morgen, als sie mit dem Schlauch Kotze von der Treppe spritzten. Noah und er sind die Einzigen an der Tür, die nach der Übernahme geblieben sind.
Am Anfang hat das *Niagara* guten Leuten gehört. Dann gingen die guten Leute an die baskische Küste, um ein Surfcamp zu eröffnen. Mit dem neuen Investor hat sich der Eintrittspreis verdreifacht – für den Blick vom Empire State Building würden die Leute schließlich auch 40 Dollar zahlen, hieß es –, und der Stundenlohn ist auf den Mindestsatz runtergeschraubt worden. Der Großteil des Stammpersonals ist freiwillig gegangen, der Rest gefeuert worden.

Noah ist noch da, weil er sich auf das Wesentliche konzentrieren muss.
»Sechs Monate«, sagte Isa, als sie ihn gestern im Bett festhielt.
»Sechs Monate«, wiederholte er.

»Mach mal die Runde, Bruder!«
Gordon ist ihr Boss an der Tür. Ein aufgepumptes Klischee, das angeblich mal Personenschützer war. Vor ihm gab es keine Hierarchie im Team. Bis auf Noah und Daniel sind alle Typen über Gordon hergekommen. Frauen an der Tür gibt es bei ihm nicht mehr.
»Hier musst du einstecken und austeilen können«, sagt er.
Sibel, eine ehemalige Kollegin von Noah, die jetzt wieder in der Altenpflege arbeitet, hätte ihn locker vom Dach treten können. Noah ist froh, dass sie sich sein Mackergeprolle nicht anhören muss.
»Auf geht's, Bruder!«
Anfangs, wenn Noah Gordon nicht mehr ertragen konnte, stellte er sich vor, wie ein echter Gangster ihm eine Knarre an den Kopf drückt. Von dem Bruderquatsch würde garantiert nichts übrig bleiben.
Noch sechs Monate, denkt er, schnappt sich Taschenlampe und Funkgerät und geht durch die Menge.

Wie immer muss Noah zig Leute von den Lehnen der Bänke am Geländerrand zurück auf den Boden holen, damit es nicht ihr letztes Instagram-Posing wird.
Vor ein paar Wochen hat eine Gruppe aus den Niederlanden leere Bierflaschen über die Brüstung geworfen. Zum Glück für alle landeten die Flaschen in einer Baugrube, die wegen Kanalisationsarbeiten rings um das Hochhaus ausgehoben war.
Er schaltet die Beleuchtung am Brunnen an, eine Nachbildung der berühmten Wasserfälle, die in der Mitte der Fläche steht und dem Ort seinen Namen gibt.
»Kim Jong-un!«, schreit es aus dem Funkgerät.
»Komme«, gibt Noah zurück.
Das Codewort bedeutet Stress. Gordon hat es sich ausgedacht.

»Was ist los?«, fragt Noah.
»Was los ist?«, blafft Gordon. »Der Freak hier will seinen Schmuck nicht abnehmen und dreht durch. Dabei hat er mir fast das Gesicht mit seinen Scheißstacheln aufgeschlitzt.«
Daniel hält eine schmächtige Person fest und verdreht die Augen. Sie ist komplett in Schwarz gekleidet und trägt spitze Silbernieten um beide Handgelenke. Früher wäre das der richtige Ort gewesen, aber solche Partys werden hier schon lange nicht mehr gefeiert.

»I've done nothing wrong!«
»Okay, please calm down«, sagt Noah ruhig.
»Let me go! I call the police!«
Noah wendet sich an Gordon: »Daniel und ich übernehmen das.«
»Dann macht schnell«, winkt der genervt ab.

Die Fahrstuhltür öffnet sich und spuckt neue Gäste aus. Glasige Augen ziehen an ihnen vorbei, französische und englische Satzfetzen verschwimmen ineinander. Dann bittet Noah mit zögerlicher Gestik darum einzusteigen.
»I'm sorry. Our boss is an asshole. But there are much better partys around, believe me.«
Daniel drückt den Knopf für das Erdgeschoss.
»I really wish I'd slashed his face«, hören sie noch, bevor die Fahrstuhltür sich wieder schließt.

Noah hatte nach der 10. Klasse unabhängig sein wollen. Dafür brauchte er Geld. Drei weitere Jahre Schule hätten das Gegenteil bedeutet. Er fing eine Tischlerlehre an, die er abbrach, weil sein Chef ihn schikanierte. Danach versuchte er es im Einzelhandel. Seine Mutter bestärkte ihn. Schon als Kleinkind sei er ein Mensch gewesen, dem man nichts habe abschlagen können. Gute Voraussetzungen, um Elektrogeräte zu verkaufen, sagte er sich. Es war alles andere als die Erfüllung, aber er war gut darin und konnte seine Miete bezahlen.

Während einer sommerlichen Inventurwoche lernte er Isa kennen, die sich für ihre Ausbildung zur Physiotherapeutin Geld dazuverdiente.
Noah nahm seinen ganzen Mut zusammen und fragte: »Wollen wir nach der Arbeit noch was trinken gehen?«
Isa antwortete: »Ich muss zu meiner Schwester.«
Er entgegnete: »Ich könnte mitkommen.«
Sie fragte: »Ins Krankenhaus? Bist du sicher?«
Er war sicher.
Isas Schwester mochte ihn auf Anhieb. Noah kam sich übergriffig vor, als er feststellte, dass sie viel kränker war, als er vermutet hatte. Aber sie erklärte ihm ganz pragmatisch, wie die Dialyse funktionierte, und forderte ihn lächelnd dazu auf, sich sein Betroffenheitsgesicht abzugewöhnen.
Noah und Isa verliebten sich. Und das Gefühl blieb konstant, obwohl es bald schwierig wurde.
In jenem Herbst kündigten sie Noah fristlos. Er hatte gesehen, wie Jugendliche zur Mutprobe Kopfhörer geklaut hatten und nicht reagiert. Einer der Ladendetektive hatte es über die Videoüberwachung mitbekommen und ihn verraten.
Kurz darauf fiel Isas Schwester ins Koma.
Isa stand vor den Abschlussprüfungen und Noah mit nichts in den Händen da. Zum ersten Mal schrien sie sich an und weinten voreinander.
Auf dem Amt riet Noah eine Sachbearbeiterin, sich weiterzubilden und das Abitur nachzuholen. Was

für eine arrogante Scheißkuh, dachte er, als er den Raum verließ.

Vor den Amtstüren regnete es den Schnee zu Matsch. Er wartete unter dem Vordach, obwohl er wusste, dass es nicht aufhören würde.

»Miesen Termin gehabt?«, fragte ihn jemand von der Seite. Der Typ war etwa in seinem Alter und rauchte.

»Gibt's hier auch angenehme Termine?«, fragte Noah zurück. Der Typ lächelte und reichte ihm die Hand.

»Daniel.«

»Noah.«

Daniel erzählte ihm von einem Job als Security in einem Club. Noah winkte dankend ab. Er solle einfach mal seine Nummer speichern, meinte Daniel. Für alle Fälle.

Zu Hause legte Noah sich zu Isa ins Bett. Seit ihre Schwester nicht mehr auf die Welt reagierte, verbrachte Isa die meiste Zeit in seiner Wohnung, war chronisch erschöpft und zwang sich doch zum Lernen. Isa fragte Noah, wie es gewesen sei, und er erzählte von der Scheißkuh.

»Abi oder nix, so sehen das die meisten heute, Noah.«

»Du denkst also auch, ich soll es machen?«

»Es geht nicht darum, was ich denke.«

Nach den Winterferien begann Noah mit den Abendkursen. Davor hatte er Daniel kontaktiert.

Sie waren Billard spielen gegangen und hatten sich gut verstanden. Im März arbeiteten sie ihre erste Schicht zusammen. In Kombination mit dem BAföG konnte Noah sich so über Wasser halten. Und auch Isa hatte ihre Prüfungen bestanden und eine Stelle in einem Gesundheitszentrum für Frauen gefunden.

An den meisten Tagen lief es okay. An den anderen kam Noah die ganze Sache unterwürfig und sinnlos vor.

Er solle an später denken, sagten ihm die Leute, wenn er hinschmeißen wollte. Und obwohl seine Sehnsucht nach dem Jetzt riesig war, verdrängte er sie auf dieses unscharfe Später, bis es irgendwann nur noch sechs Monate waren.

Auf dem Tisch im Pausenpavillon hat jemand sein Gras liegen lassen. Noah nimmt einen Briefumschlag und schiebt die grünbraunen Bröckchen mit einer Karteikarte in das Kuvert. Daniel kommt durch die Tür.

»Lernst du etwa schon wieder?«, fragt er.

»Vokabeln. Englisch entscheidet es wahrscheinlich am Ende. Hast du Pause?«

»Nee. Hab Leergut zur Bar gebracht und wollte noch ein bisschen Zeit schinden. Wieso eigentlich Englisch-Vokabeln? Vorhin am Aufzug war das für meine Ohren einwandfrei.«

»Im Abi geht's aber leider nicht nur darum, unschul-

digen Gästen zu erklären, dass Gordon ein Arschloch ist.«
»Schade eigentlich«, sagt Daniel und geht zum Kühlschrank.
»Milchschnitte?«
Noah hält die Hand auf. Und fängt.
»Glaubst du, auf eurem Schiff ist es besser als hier?«
»Hope so«, antwortet Noah mit vollem Mund.
»Oh, Mr Jansen, your English sounds perfect!«
Sie lachen.
»Übrigens«, sagt Noah und wedelt mit dem Umschlag. »Das hat irgendwer auf dem Tisch vergessen.«
Er reicht ihm das Kuvert.
»Yes«, sagt Daniel und strahlt.

»Forsake – forsook – forsaken«, wiederholt Noah, als er zurück an die Arbeit geht. Gordon flirtet mit der neuen Kassiererin. Zumindest will er, dass man es so sieht. Er zeigt ihr seine Tätowierungen, fordert sie auf, mit ihren Fingern entlang der Muster zu fahren. Und sie tut es tatsächlich, streicht von den Ohren zur Schnauze und über die zu spitz geratenen Fangzähne des Wolfs.
»Wo ist Daniel?«
»Unten. Wir sind voll«, antwortet Gordon, ohne Noah anzusehen.
Wenn es so weit ist, müssen sie eine Etage tiefer, in den Flur. Die Räume, die von dort abgehen, waren

früher Chefbüros eines Energiekonzerns und dienen heute als Getränkelager.
»Allein?«, fragt Noah.
»Hör mal, wenn du Pause machst und wir unterbesetzt sind, weil die halbe Belegschaft am Norovirus rumscheißt, kann ich unsere neue Mitarbeiterin hier doch schlecht sitzen lassen an ihrem ersten Tag. Außerdem bist du ja gleich bei ihm.«
Noah schluckt. Die Wut knackt leise in seiner Luftröhre.

Vor ein paar Wochen hatte Noah einen Mietwagen zurückgeben müssen, am anderen Ende der Stadt. Isa und er waren bei seinem Vater im Wendland gewesen. Als er das Auto abgestellt hatte, war er in eine Drogerie direkt neben der Vermietung gegangen, um sich ein Wasser zu kaufen. An der Kasse sah er Gordon warten. Hinter das Zahnpflege-Regal geduckt erinnerte er sich, dass Gordon dort wohnte. Stolz hatte der sich den Bezirksnamen quer über die Fingerrücken stechen lassen.
Dicht neben Gordon stand ein schmaler Mann mit eingefallenen Wangen und blasser Haut. Die beiden wirkten vertraut, sie lachten und hielten sich nach dem Wechselgeld kurz an den Händen. Noah stutzte.
Gordon ging zur Sitzbank neben den Müllbehältern und verstaute den Einkauf in einem Rucksack. Der Mann setzte sich daneben. Als Gordon den Ruck-

sack zu Ende gepackt hatte, beugte er sich runter und gab ihm einen langen Kuss. Hand in Hand verließen sie den Laden.

»Was machen wir hier eigentlich noch?«, fragt Noah.

»Bist ja bald weg«, antwortet Daniel, wippt mit dem Stuhl und schiebt sich ein Kaubonbon in den Mund. Gerade haben sie einen Junggesellenabschied abgewiesen. Die Männer waren sturzbesoffen und trugen Pappkronen von Burger King auf den verschwitzten Köpfen. Und obwohl immer mal wieder ein paar Gäste aufgeben und zurück nach unten fahren, wird die Schlange auf dem Flur nicht kürzer.

»Was ist mit dir?«, fragt Noah.

Daniel kippt den Stuhl zurück auf alle vier Beine. Er riecht nach Erdbeeraroma, nach Kleinkind.

»Kannst du dich an Dennis erinnern?«

Noah nickt.

»Es gibt einen Plan. Wir sind kurz davor, den Vertrag für das Gelände zu unterschreiben.«

Damals hatte Noah eigentlich gar nicht mitkommen wollen. Nach einer lockeren Frühschicht hockten er und Daniel vor einem japanischen Imbiss in der Sonne und aßen Ramen. Plötzlich tauchte eine schwarze S-Klasse neben ihnen auf. Die getönten Scheiben fuhren herunter, und ein kleiner, dünner Typ mit auffälliger Lücke zwischen den Schneidezähnen rief ihnen zu: »Ey Türsteher! Bock auf Cruisen?«

Noah sagte, dass er Mathe lernen müsse und auf keinen Fall mitkommen könne. Aber irgendwie quatschten Daniel und Dennis ihn schließlich doch auf die Rückbank. Die beiden kannten sich seit dem Kindergarten und ergaben kombiniert ein Duo wie aus einem Buddy-Movie.

Dennis arbeitete im Autohandel und hatte den Wagen von seinem Chef geliehen bekommen, der irgendwas Großes in ihm sah. Zumindest behauptete Dennis das, während er durch ein Album von Frank Ocean skippte und zwischendurch immer wieder Frauen hinterherhupte. Dutzende gereckte Mittelfinger rauschten auf der Fahrt ins Umland an ihnen vorbei.

»Seht ihr's auch?«, fragte Dennis, als sie am Ziel ausgestiegen waren.

Sie standen vor einem stillgelegten Kieswerk.

»Also ich sehe es schon ganz klar vor mir!«

In seiner Euphorie machte er Gesten wie ein Prediger auf Speed. Nur wollte Dennis mit Daniel dort keine Gottesdienste, sondern Partys und am besten gleich mehrere Festivals veranstalten.

Er knipste den Kofferraum auf und lupfte zwei Sixpacks Bier heraus. »Seht ihr's nicht?«, rief er noch einmal. Und dann: »Bau mal einen für uns drei, Dani!«

Zwei Stunden später fuhr Noah, der nur ein Bier getrunken und das Gras ausgelassen hatte, sie zurück in die Stadt. Hinter ihm zeigte Dennis seinem Freund und potenziellen Partner Videos auf dem Smartphone. Noah hörte ihn Dinge sagen wie: »Komm schon, Dani! Ich hab Connections. Hier schau, bei dem hier ist mein Cousin mitgefahren.«

»Ich freu mich für euch«, sagt Noah.

»Danke«, erwidert Daniel knapp.

Irgendwo in der Schlange geht eine Flasche zu Bruch.

»Wenn es schiefgeht«, sagt Daniel, »kann ich zur Not ja auch bei dir anheuern. Wo du doch bald Käpt'n bist.«

Eigentlich möchte Noah ihm Fragen stellen, aber er weiß von sich selbst, dass Geld ein heikles Thema ist, eines das man besser meidet. Außerdem lenken das Rumoren der Wartenden und der pulsierende Schmerz rund um die Einstichstelle an seinem linken Oberarm ihn ab. Gestern haben er und Isa die erste von drei Tollwut-Impfungen bekommen.

Vom Kopf der Schlange meldet sich eine genervte Stimme:

»Wie lange müssen wir noch warten?«

Vor den Fenstern sieht Noah den Himmel aufleuchten.

»Meine Eltern haben entschieden, die Maschinen abschalten zu lassen«, erzählte Isa nach Luft schnappend und unter Tränen.
Noah musste sich setzen.
»Sie wollte es so. Ihre Verfügung ist eindeutig.«
»Und du?«, fragte Noah leise.
»Es geht nicht darum, was ...«, fing Isa an, aber sie glaubte sich das Ende selbst nicht. Dann brach sie weinend zusammen. Der Moment schien ewig zu werden. Noah überkam eine wahnsinnige Angst. Er klammerte sich an sie und spürte, wie Isa sich abmühte, etwas zu respektieren, das sie nicht fühlen wollte.
Die Beerdigung bald darauf war schön. Ein Chor aus Freunden sang *Heart of Gold*, und Isa las ein Kindergedicht ihrer Schwester vor. Wenige Wochen später erzählte sie Noah von ihrer Idee mit dem Schiff.
»In einem Jahr könnten wir mit. Die ganze Welt ... Lass uns das machen, ja?«
Isa hatte sich alles ausgemalt: Sie würde im SPA des Schiffs arbeiten und Noah ein Praktikum quer durch alle Bereiche an Bord absolvieren, das er später als Grundlage für ein Studium nutzen könnte. Noah war sich gar nicht sicher, ob er überhaupt studieren wollte, aber Isa wirkte so entschieden und zuversichtlich, dass er einfach nickte.

Sie essen Baklava und trinken Tee. Dicke Tropfen klatschen auf die Markise der Bäckerei. Ab und zu muss der Besitzer mit einem Besenstiel von unten gegen den Stoff drücken, damit das Wasser auf die Straße abfließt.
Das Gewitter vor dem Regen war kurz, aber heftig. Nussgroße Hagelkörner, Noah hat an die zwanzig Blitze gezählt.
Als sie alle durchs Treppenhaus nach unten gelotst hatten, beschloss die Abendleitung, nicht wieder aufzumachen. Viele Gäste beschwerten sich und fluchten. Ein Junge hatte Noah aus Wut auf die orange Warnweste gespuckt. Zum Glück war Gordon am anderen Ende des Flurs gewesen und hatte nichts mitbekommen. Ohnehin war er seltsam freundlich und hatte sogar verfügt, sie sollten das Trinkgeld unter sich aufteilen.
»Wer war denn der nette Typ, und was hat er mit unserem Prollo-Alf gemacht?«, hatte Daniel gefragt, als er gegangen war.
Gordon aus der Drogerie, war es Noah durch den Kopf geschossen.
»Weißt du«, sagt Daniel und leckt sich die klebrigen Finger ab. »Vorhin, als die Leute wieder so beschissen zu uns waren, hab ich gedacht: Bleibt doch einfach da und spannt eure Regenschirme auf!... Letztens hab ich geträumt, dass wir schon mittags unten sitzen und stoppen. Und dann, zack, zack, schlagen oben Blitze ein. Seltsam nur, dass

die Sonne scheint und keine Wolke am Himmel zu sehen ist.«
Ein kleiner Wasserfall geht hinter ihnen auf die Straße nieder.

Fünf Monate später hält Noah sein Zeugnis in den Händen. Ein Schnitt von 2,4. Er ist zufrieden, Isa johlt vor Stolz.
Abends kommen ein paar Leute zum Anstoßen vorbei. Daniel verspätet sich und sieht bedrückt aus. Obwohl er versucht, Witze über sein Abschiedsgeschenk für die beiden zu machen – es sind zwei Kompass-Schlüsselanhänger in Globusform –, merkt Noah schnell, dass er sich zusammenreißt.
Als sie auf den Balkon gehen, weil Daniel rauchen möchte, hakt er nach: »Was ist los?«
»Egal«, nuschelt Daniel, drückt die Kippe aus und will zurück in die Wohnung.
Noah baut sich vor der Glastür auf.
»Hör auf mit dem Scheiß!«, fordert Daniel.
Doch er bewegt sich nicht vom Fleck.
»Was los ist, will ich wissen?«
Daniel schnauft tief durch und setzt sich aufs Geländer. Aus Reflex will Noah ihn fast ermahnen, doch es sind nur zwei Meter bis zum Boden, keine neunzig.
»Ich bin im Arsch, okay!«, sagt Daniel laut.
Er schnauft noch einmal tief durch und fährt dann flüsternd fort: »Dennis… Der Penner hat uns

total abgefuckt... Vielleicht muss er sogar in den Knast.«

»Was ist denn passiert?«

»Ein todsicheres Ding ist das, hat er gesagt. Sein Cousin ist der Beste, und er selbst macht den Beifahrer... Das typische Dennis-Gelaber... Aber leider hatten die seinen Cousin schon länger auf dem Zettel und wussten genau, wo und wann alles stattfindet.«

»Wo was stattfindet?«

Daniel zögert und sieht zu Boden. Irgendwann sagt er: »Illegales Rennen.« Der Klang seiner Stimme pendelt zwischen Wut und Scham.

»Du verarschst mich doch, oder?«

Daniel senkt den Blick noch ein bisschen mehr Richtung Boden. Jetzt kapiert Noah, warum er in den letzten Wochen so nervös war. Ständig hatte Daniel telefoniert und Gordon damit stinksauer gemacht.

Sie schweigen sich an. Aus der Wohnung kommt dumpfer Applaus. Wahrscheinlich hat Isa die Kerzen auf dem schiffsförmigen Kuchen ausgeblasen.

»Aber du selbst warst nicht dabei?«, fragt Noah.

Daniel schüttelt den Kopf.

»Wo warst du?«

»Oben. Hab das große Zelt und Heizstrahler für eine Hochzeit aufgestellt... Aber dafür war ein Buchmacher an der Strecke, und die Bullen haben mit ihm auch unser Geld kassiert.«

»Wie viel habt ihr gesetzt?«

»Viel.«

»Was ist los mit euch? So bescheuert kann man doch gar nicht sein!«, platzt es aus Noah raus.

»Ich weiß«, stammelt Daniel. »Unfassbar dumm... Aber ich hab wirklich geglaubt, Dennis kriegt es hin... Was soll ich jetzt machen?... Ich bin so ein Idiot!« Er drischt mit den Handflächen auf das Geländer ein.

Noah packt ihn bei den Schultern.

»Jetzt beruhig dich erst mal!«

Isa kommt nach draußen.

»Alles okay?«

Daniel zieht die Nase hoch und nickt.

»Alles okay, ja. Bin nur echt traurig, dass ihr geht.«

»Wir kommen doch wieder«, sagt Isa und lächelt ihn an.

Gezwungen lächelt er zurück.

»Halt still«, sagt Isa und zupft eine verlorene Wimper von Daniels rechter Wange. Sie präsentiert sie auf ihrem Zeigefinger.

»Wünsch dir was!«

»Danke, aber an so was glaub ich nicht.«

»Probier's einfach!«

Daniel pustet.

In Amsterdam gehen sie an Bord der *World Dream*. Eine fremde Frau hat ihnen zum Abschied eine Tulpe geschenkt. Noah hat sie in einer leeren Fanta-Dose auf den Nachttisch gestellt. Durch das winzige

Bullauge sieht er den Ozean, einen Streifen endloses Silberpapier.

Dann ruft man sie zur Vorstellungsrunde.

Welten

»Das ist die Welt«, sagte mein Vater, als ich das Packpapier zerrissen hatte.
Enttäuscht sah ich ihn an und hoffte, dass, wenn ich das Ding in Bewegung brächte, Münzen im Inneren klimpern würden. Doch die hohle Kugel quietschte bloß auf dem Gestell.
»Sie hat mal mir gehört«, ergänzte er feierlich.
Ich sagte: »Das ist nicht die Welt, sondern ein Globus. Außerdem glauben nur Diktatoren, dass ihnen die Welt gehört.«
Wütend ging ich auf mein Zimmer.
Als ich zwei Jahre später auszog, ließ ich den Globus auf dem Dachboden zurück.

Emil zerreißt das Packpapier.
»Das ist die Welt«, sage ich.
Er ist fünf und glaubt mir noch alles.
»Die Welt«, wiederholt er.
Ich stelle den Globus auf den Tisch und schiebe an, quietschend fliegen die vergilbten Kontinente und Ozeane an uns vorbei.
»Die hat Opa mir mal geschenkt«, sage ich leise.

Wir besuchen meinen Vater. Ich zünde ein Licht an, gieße die Blumen und entferne das Unkraut. Emil stellt den Globus neben den Grabstein.

Er sagt: »Wir haben dir die Welt mitgebracht, Opa.«

Kreise

/

Heiße Luft weht mir entgegen. Sie riecht nach Tabak, Benzin und Schweiß. Taxis hupen im Wettstreit um neue Fahrgäste, eine behelmte Person ist dabei, mit der Motorsäge kranke Palmen auf einem Kreisverkehr zu fällen, und eine große Möwe, die auf einem Mülleimer thront und das Spektakel beobachtet, dreht den Kopf in meine Richtung.
Als ich das erste Mal an diesem Flughafen stand, war ich auch allein und wusste nicht, ob ich es aushalten würde. Damals kam ich her, um abzuholen, was von meinen Eltern übrig war.
Mein Telefon klingelt.
»Wo bist du, Max?«, fragt Valentin.
»Hier«, antworte ich.

Meine letzten Jahre waren betäubtes Driften. Ich bewegte mich auf einer Nulllinie. Die Tage wurden kürzer, länger, wieder kürzer. Ohne Ausschläge.

//

Nach der Psychiatrie zog ich von Königsburg nach Freiburg in ein Wohnprojekt für Gefährdete.
Als ich mein Zeug ins Auto schleppte, stand der arbeitslose Nachbar am Zaun und horchte mich aus.
»Gefährder? Also angehende Terroristen, oder wie?«
Er hatte verstanden, was er hatte verstehen wollen. Sein trauriger Wortwitz ließ mich fast bereuen, mir nach der Morgendusche nicht den Q-Tipp ins Trommelfell gerammt zu haben. Natürlich hätte ich ihm gegenüber gar nicht ins Detail gehen müssen, aber ich wollte von nun an ehrlicher werden mit mir und den Menschen, die mich umgaben. Im Dorf hatten sie eh längst eine Meinung von mir. Der Flieger ist ein Irrer und womöglich nicht nur für sich selbst eine Gefahr, hieß es. Oder: Der arme Kerl hat das mit seinen verbrannten Eltern eben nie verkraftet.
Irgendwann versuchten die Leute nicht mal mehr zu flüstern, wenn ich in der Nähe war.
Als ich alles verstaut hatte, klappte ich den Kofferraumdeckel zu und sagte nur: »Wir sehen uns im Paradies.«

Wir waren zu sechst im Haus. Es lag im Stadtteil Herdern, und nach wenigen Schritten gelangte man in einen Wald. Genau wie bei meinem Elternhaus im

Schwarzwald, das ich, wegen meines Aufenthalts im Wohnprojekt, an eine junge Familie vermietet hatte. Alle Bewohner*innen hatten ihr eigenes Bad. Wäre aus der Gefährdung, trotz viermal die Woche stattfindender Gruppentherapie, doch ein Vollzug geworden, hätte niemand mich mit offenen Pulsadern, Schaum vorm Mund oder Föhn in der Wanne vorfinden müssen. Außerdem waren wir alle etwa gleich alt, sodass man weder an die verlorene Jugend, noch an das drohende Alter erinnert wurde. Alles war gut durchdacht und hatte seinen Preis, den ich mit dem Resterbe meiner Eltern bezahlte.
Später zog ich, für stabil genug befunden, in eine Einzimmerwohnung im Stadtteil Stühlinger.

In Baden-Württemberg herrschte immer noch Mangel an Lehrer*innen, und so fand ich als Wiedereinsteiger schnell eine halbe Stelle. Solange man nicht verbeamtet werden wollte, spielte ein versuchter Suizid keine Rolle. Zum Glück schwemmte mich das C. nicht auf, sondern machte mich bloß gleichgültiger. Das war auch das Glück vieler anderer Kolleg*innen. Wahrscheinlich hätten wir, wenn alle ihre bunten Pillen dazugegeben hätten, ein tafelgroßes Mandala legen können.

Meine ersten Sommerferien in Freiburg kamen. Ich wurde auf die Hochzeit zweier alter Freunde nach

Göteborg eingeladen. Das Fest fand auf einer kleinen Insel in den Schären statt.
Dort erzählten mir Timon und Valentin, die ebenfalls zu den Gästen gehörten, zum ersten Mal von ihrem Plan.
Kein leichtes Vorhaben, und doch klangen sie optimistisch und erwartungsvoll.
Morgens schwammen wir alle miteinander im Meer. Für einen Moment verspürte ich so etwas wie Euphorie, schlug die Linie leicht nach oben aus.

Kurz vor Beginn der zweiten Sommerferien rief Valentin mich an. Das tat er jede Woche mindestens ein Mal, um mich über die Umbauarbeiten auf dem Laufenden zu halten. Und um mich zu kontrollieren.
An einem schlechten Tag konnte es passieren, dass ich Dinge schrie wie: »Ich bin kein Kleinkind!«
Und er zurückschrie: »Aber mein bester Freund!«
Wie demütig und still man von jetzt auf gleich werden kann.
»Wir sind fertig«, sagte er. »Im wahrsten Sinne des Wortes. Und dafür, dass ich lange nicht mal einen Nagel gerade in die Wand schlagen konnte, hab ich mich ganz ordentlich angestellt.«
»Hat er wirklich!«, rief Timon aus dem Hintergrund. »Wir freuen uns schon auf dich, Gastbruder!«
Timon nannte mich immer noch so. Als wäre ein Teil von ihm achtzehn geblieben und meine Eltern gerade erst im Ferienhaus seiner Eltern verbrannt.

»Ich mich auch«, sagte ich leise.
»Was?«
»Ich freu mich auch auf euch«, wiederholte ich. »Wann kommen die ersten Gäste?«
Die Frage fühlte sich seltsam an. In meinem Kopf war es immer noch die Taverne von Timons Eltern, wurde dort getrunken und gegessen, obwohl Hannah und Silas mittlerweile auf dem Festland lebten. Timon hatte es auch dort versucht und Meeresbiologie in Deutschland studiert. Schon früh merkte er, dass es nicht das Richtige war. Er wechselte zu Krankenpflege, zurück zu den Menschen, und hängte einen Bachelor in Pflegemanagement dran. Seit er während der Ausbildung miterlebt hatte, wie Patient*innen vor Schmerzen ganze Nächte schrien, Angehörige nach einem Todesfall in fünf Minuten abgespeist und hinterher sich selbst überlassen wurden, ließ ihn der Wunsch, es irgendwie ein Stück erträglicher zu machen, nicht mehr los. Die Geschäftsaufgabe seiner Eltern brachte ihn schließlich auf eine Idee.
Valentin, dessen Arbeit bis zu diesem Zeitpunkt darin bestand, reiche Menschen für eine Kunststiftung in Bremen zu akquirieren, wollte ihn unbedingt dabei unterstützen. Die beiden waren gute Verlusthelfer. Das wusste ich aus eigener Erfahrung.
»Ende August«, sagte Valentin. »Und du?«

Weil die Meute nach dem Gong nicht zu halten war, räumte ich am letzten Schultag allein das Klassenzimmer auf. Eine Schülerin, die in eine andere Stadt umziehen würde, hatte zum Abschied Kuchen und Limonade mitgebracht. Ich war gerade dabei, vollgekrümelte Servietten und leere Pappbecher in eine Tüte zu stopfen, als hinter mir die Tür zufiel. Ich wandte mich um und erkannte Aaron. Viele hatten ihn schon vor der Zeugnisvergabe für eine tickende Zeitbombe gehalten. Ich mochte ihn.
Umso blöder, dass nun auch meine Note zu seiner Nichtversetzung beigetragen hatte.
Aarons Hände waren in den Taschen seiner Trainingsjacke verborgen. Wir blickten uns an, eher mitleidig als feindselig. *Showdown der Loser*, schwebte als unausgesprochener Titel über unseren Köpfen.
»Aaron. Was gibt's?«, fragte ich mit gespielter Lässigkeit und zerknüllte dabei einen Pappbecher in der rechten Hand. Ein lascher Versuch, Überlegenheit zu suggerieren. Wäre Aaron tatsächlich ein Amokläufer gewesen, er hätte sich wohl spätestens jetzt auf mich gestürzt.
Stattdessen sagte er: »Ich wollte mich verabschieden, Herr Flieger.«
Überrascht ließ ich den Becherklumpen in die Tüte fallen. Aaron fuhr fort: »Ich find Schule echt scheiße. Haben Sie ja gemerkt, oder? Aber Sie waren trotzdem immer korrekt und am wenigsten nervig… Und wissen Sie, es ist voll okay, dass ich es nicht

weiter geschafft habe, weil meine Eltern jetzt auch einverstanden sind.«

»Ach ja? … Womit denn?«

»Dass ich zum Bund gehe. Erst freiwilliger Wehrdienst und dann Fallschirmjäger.«

Ein Teil von mir wollte ihm den Quatsch ausreden. Der andere Teil war down durch das Antidepressivum und dachte, dass dieser Junge wenigstens wusste, was er wollte.

»Okay«, sagte ich. »Muss man nicht volljährig sein, um Soldat werden zu können?«

»Ich werde dieses Jahr siebzehn. Wenn die Eltern mitmachen, läuft das wie beim Führerschein.«

»Aha.«

»Und der wird mir da übrigens bezahlt«, sagte er grinsend.

»Na dann«, antwortete ich. »Viel Glück.«

»Für Sie auch, Herr Flieger. Was haben Sie denn vor?«

»Wie meinst du das?«

»Na, in den Ferien.«

»Ach so … Ich fliege nach Kreta.«

»Chillen am Meer, schickes Hotel: Klingt doch voll nice!«

»Ist mehr eine Herberge.«

»Erholen Sie sich trotzdem gut.«

Vor meiner Abfahrt zum Flughafen lief ich den Schlossberg hinauf. Links und rechts vom Pfad wuchsen Butterblumen. Gelbe Begrenzungslichter einer Startbahn, die nach Tagesanbruch nicht abgeschaltet wurden. Ich stellte mir vor loszurennen, immer schneller zu werden, die Arme von mir zu strecken und Motorengeräusche auszustoßen.

Und dann ging ich doch einfach zurück.

///

Ich erkenne es kaum wieder. Der große Tisch steht noch in der Mitte des Speisesaals. Ansonsten dominiert jetzt das Grün Dutzender Topfpflanzen den Raum. Aus der nördlichen Wand haben Timon und Valentin eine Fensterfront gemacht, sodass man auf die Berge blickt. Es gibt eine Ecke mit Spielzeug, Malsachen und bunten Sitzkissen für Kinder.

Über einen barrierefreien Zugang erreichen wir die Wohnebene und betreten eins der insgesamt fünf Zimmer. Konstantinos und Eleni kommen dazu. Gemeinsam leiten sie das Pflegeteam und wollen sich bei Timon ihre Schlüssel für das Haus abholen. Beide kennt er von Geburt an. Konstantinos ist Mitte fünfzig und hat riesige Hände, mit denen er meine Rechte umschließt. Eleni, eine Schulfreundin von Timon, erinnert sich an mich.
»You were so sad«, sagt sie. »But also sweet.«
Timon möchte, dass ich mich für einen Moment auf das Bett lege. Obwohl es mir falsch vorkommt, besteht er darauf. Als ich liege, drückt mir Konstantinos eine Fernbedienung in die Hand und Eleni zieht die Vorhänge vor dem Fenster zurück.
»Den oberen Knopf«, weist Timon mich an.
Ich drücke und das Rückenteil fährt summend hoch

in die Senkrechte. Über die Kronen der Palmen hinweg kann ich das Meer sehen.
»Die durchschnittliche Aufenthaltsdauer liegt zwischen vierzehn und zwanzig Tagen«, sagt Timon. »So lange also, wie Menschen Urlaub machen. Warum sollte man da nicht versuchen, es für einen Augenblick auch so aussehen zu lassen?«

Nach der Besichtigung stehen wir auf der Terrasse.
»Sehr gut gemacht«, sage ich.
»Wir finanzieren uns über Spenden«, sagt Valentin. »Wusstest du, dass nur jede*r Dritte hier überhaupt eine Krankenversicherung hat?«
Früher haben Valentin und ich uns nur über unsere eigenen Leiden unterhalten. Dann lange nur über meine. Und dann eine Weile überhaupt nicht mehr. Er ging voran und ich im Kreis.
Ein großer Haufen Steine auf dem Grundstück des benachbarten Hotels fällt mir auf.
»Der Inhaber will eine Mauer bauen«, sagt Valentin, als er meinen fragenden Blick sieht. »Zum Schutz.«
»Vor wem?«
»Vor uns. Als wären die Gäste nicht schon vorher weggeblieben.«
»Der baut eine Mauer wegen euch?«
»Kalter Krieg, Geflüchtete, Tod – sie finden immer einen Grund, irgendwo eine scheiß Mauer hochzuziehen«, seufzt er.

»Er hat einfach Angst um seine Existenz«, erklärt Timon. »Neben Sterbenden will erst recht niemand mehr Ferien machen … er ist nicht allein mit seiner Überzeugung.«

////

Die chemischen Zusätze der Mückenkerze kratzen in der Nase. Valentin und ich sitzen vor einem kleinen Zweizimmerbungalow am Ortsrand. Hier wohnen er und Timon jetzt. In Bremen hatte Valentin eine weitläufige Maisonettewohnung ganz für sich allein.

»Da rück ich euch aber schon ganz schön auf die Pelle in den nächsten drei Wochen.«

»Kein Problem ... jedenfalls nicht für uns«, versichert er. »Für dich?«

»Nein.«

»Um ehrlich zu sein«, sagt Valentin und setzt sich aufrecht hin: »Ich mach mir schon ein bisschen Sorgen, dass all das nicht gut für dich sein könnte ... ich fühl mich an manchen Tagen ja auch wie der letzte arrogante Kolonialdepp, der keinen Schimmer hat, worauf er sich eingelassen hat ... auf der anderen Seite glaube ich, dass es gut ist, und bin froh, hier zu sein.«

»Ich bin okay«, versichere ich ihm. »Erzähl mir lieber, wie es euch beiden geht.«

Er lächelt und sagt: »Ich hätte nie gedacht, dass jemand, der so jung schon so erwachsen ist, mich langfristig interessieren könnte. Als ich ihn damals bei dir in Königsburg zum ersten Mal getroffen habe, wollte ich ja einfach nur mit ihm ins Bett. Ich dachte: Ein schöner griechischer Junge wäre gut für's Ego. Als das nicht geklappt hat, bin ich erst mal weiter in Selbstmitleid und Dating-Apps versunken. Bis wir uns Monate später bei einem Festival in Hamburg in die Arme laufen … seitdem bin ich glücklich.«

»Kitsch der übelsten Sorte«, sage ich.

»Absolut«, sagt Valentin und lacht.

»Abwasch ist auf morgen verschoben«, hören wir Timon rufen.

Mit Raki und drei Gläsern kommt er zu uns zurück.

»Hat's dir eigentlich geschmeckt, Gastbruder?«, fragt er.

»Sehr. Du kochst mindestens so gut wie dein Vater.«

»Auf diese Lüge trinken wir.«

Er reicht mir ein Glas.

/////

Ein protziger Grabstein ohne Namen. Zwei Eidechsen kleben an der Wand. Als ich mich nähere, krabbeln sie aus der Sonne in den Schatten.
Hotel Galina steht auf einem Messingschild am Eingang, daneben *For Sale*. Der russische Eigentümer, der das Hotel für seine Frau gekauft und nach ihr benannt hat, hatte seine Fehlinvestition bald eingesehen und sucht schon seit Jahren einen Käufer. Obwohl der Preis weit unter Wert liegt, will es niemand haben. Manche hier glauben, das Gelände sei verflucht.
Von Hannahs und Silas' Ferienhaus, das vor dem weißen Klotz hier stand, erinnere ich nur verkohlte Trümmer.

»So eine Gasexplosion passiert immer wegen irgendeinem Pfusch, glaub's mir«, sagte ein ehemaliger Mitschüler in Königsburg, als wir uns nach der Beerdigung bei Edeka über den Weg liefen. Ein horizontloser, freiwilliger Feuerwehrmann, sensibel wie ein voll aufgedrehter Wasserwerfer. »Da unten nehmen sie's doch eh nicht so genau mit allem. Hat schon seine Gründe mit der Totalpleite. Ich würde die verklagen, du kannst hundertpro Schadensersatz fordern … Ich muss jetzt zur Probe.«

Es war ein Unglück ohne Vorankündigung. Meine Eltern hatten keine Tsunami-Welle auf sich zurollen oder das Flugzeug gegen eine Felswand rasen sehen, auch keine Metastasen auf MRT-Bildern gefunden oder eine Demenz vorhergesagt bekommen.

Ich erinnere mich an die schnelle Umarmung, bevor sie den Hügel in Königsburg hinunterfuhren, um ihre Maschine nicht zu verpassen. Sie werden nie zu leidenden Schatten, müssen nicht mit ihrem Schicksal hadern. Das ist das Gute. Manchmal bin ich wütend auf sie, weil ich seit ihrem Tod nichts anderes tue.

»Alles klar?«

Timon hat das perfekte Gesicht für solche Momente. Seine Züge sind weich und aufrichtig. Er musste noch Sachen zur Post bringen, und wir sind uns scheinbar zufällig begegnet, als ich zurückgelaufen bin.

»Natürlich macht der Ort mich traurig. Aber auch gleichgültig, weil nichts mehr übrig ist aus ihrer Zeit. Verstehst du, was ich meine?«

Er nickt und sagt: »Meine Eltern haben sich Vorwürfe gemacht deswegen. Sie wollten, dass etwas anderes mit dem Grundstück passiert, nicht so ein dummes Hotel ohne Chance. Aber sie hatten einfach kein Geld. Für meine Mutter hat es sich nach dem Tod deiner Eltern hier nie mehr richtig angefühlt. Sie wollte sich sogar von meinem Vater trennen und zurück nach Stuttgart ziehen. Aber seit die beiden in Athen sind, kommen sie wieder besser klar. Sagen sie zumindest.«

Wir sprechen eine Weile nicht. Dann wird Timon langsamer und bleibt schließlich stehen.

Er fragt: »Hasst du mich, Max?«

»Wie kannst du so was denken?«, frage ich irritiert zurück.

»Weil deine Eltern wahrscheinlich noch am Leben wären, wenn sie damals nicht bei meinen Eltern Urlaub gemacht hätten. Weil ich ein dummer Junge war, der nicht mit der Situation umgehen konnte. Weil ich deinen besten Freund hierhergeschleppt habe. Weil ...«

»Es war ein Unfall, Timon«, unterbreche ich ihn. »Sie konnten nichts dafür ... Und du auch nicht.«

»Aber ...«

»Kein Aber.«

Ich schnaufe durch und sage: »Stimmt schon, kurz danach hätte ich gerne jemanden verantwortlich gemacht, um mich besser zu fühlen, ... aber nicht dich. Du hast mir geholfen. Gerade weil du ein Junge warst und mich abgelenkt hast ... Und Valentin und du – ich meine, das ist doch das Beste überhaupt.«

Jetzt erst bemerke ich, dass er weint. Wir nehmen uns gegenseitig in den Arm.

»Es tut mir leid, Max!«

Bei Timon fühlt sich dieses *Es* ausnahmsweise mal nicht wie ein *Du* an.
»Ich weiß«, flüstere ich und sehe selbst nach langer Zeit wieder durch einen Tränenschleier.

Seit meiner Ankunft hier lasse ich das C. sein. Ich will wissen, ob es geht.

//////

Kurz nach Sonnenaufgang. Wir tragen Badehosen und Sicherheitsschuhe und laden Holz von einem Hänger. Fünfundzwanzig Meter sind es bis zur Brandung. Uns bleiben etwa vier Stunden, bis die Hitze unerträglich ist.

»Hat einer von euch Erfahrung im Stegbau?«, frage ich.

»Im YouTube-Tutorial sah es ganz einfach aus«, sagt Valentin und klopft mir auf die Schulter.

»Wir wollen keinen Preis damit gewinnen«, ergänzt Timon. »Die Hauptsache ist, der Steg wird breit und stabil genug, um einen Rollstuhl darüber zu fahren.«

Das Budget war von Anfang an knapp bemessen. Timon und Valentin mussten das meiste selbst machen.

»Keine Angst, Max«, sagt Valentin augenzwinkernd. »Du kannst hier kein Glas zerdeppern oder Leitungen anbohren. Das hab ich in den letzten Monaten schon alles erledigt.«

Das Schleppen und Bauen geht besser als erwartet. Auch weil ich vor allem mit Ersterem beschäftigt bin. Als wir ein paar Meter fertig haben, will ich mir die Schuhe ausziehen und ins Meer springen.

Da sehe ich eine Gruppe Männer über den Strand auf uns zukommen.
»Scheiße! Was wollen die denn jetzt?«, flucht Timon. Er lässt das Brett in den Sand fallen und geht ihnen entgegen.
»Brauchst du Hilfe?«, ruft Valentin ihm hinterher.
»Nein.«
Noch bevor sie voreinander stehen, ist ihr Schimpfen zu hören. Sie zeigen mit Fingern aufeinander.
»Was ist los?«, frage ich.
»Der Kleine mit dem weißen Hemd und der schwarzen Hose ist der mit der Mauer«, sagt Valentin.
»Die haben alle weiße Hemden und schwarze Hosen an.«
»Der Kleinste«, präzisiert er.
Wir sehen Timon die Arme ausbreiten. Ein Flugzeug, ein Kampfjet, denke ich. Während sie so diskutieren, spüre ich meinen eigenen Motor warmlaufen. Ich bücke mich nach dem Brett. Doch bevor ich starten kann, dreht Timon ab und nimmt wieder Kurs auf uns. Das kleine Problem ballert ihm noch ein paar Sätze hinterher und verschwindet dann mit seiner Entourage vom Strand.

»Und?«, fragt Valentin.
»Der Steg«, sagt Timon genervt. »Sie wollen ihn nicht.«
»Aber wir haben eine Genehmigung dafür«, protestiert Valentin.

»Meinst du, die interessiert das? Angeblich planen sie schon länger Quad-Touren und wollen, dass ihre Gäste dabei ohne neu gebautes Hindernis über den Strand brettern können. Aber hast du hier überhaupt schon mal so einen Scheißquad gesehen?«
Obwohl er die Antwort kennt, sieht Timon Valentin fordernd an.
»Noch nie.«
»Eben.«
Valentin lässt den Kopf hängen, und Timon kickt in den Sand.
»Und jetzt?«, fragt Valentin leise. »Was machen wir?«
»Weiter«, sage ich entschlossen.

///////

»Wie kommst du hierher?«

Aaron streicht über mein dünner werdendes Haar, die grauen Schläfen.

»Sehen Sie, Herr Flieger. Jetzt haben Sie sich auch verpflichtet. Sie wollen keinen Krieg, aber wenn er unvermeidlich ist, sind Sie bereit dafür.«

»Geht es dir gut, Aaron?«

»Besser als dem da jedenfalls.«

Er deutet neben sich. Ich sehe den Steg. Am Ende liegt eine Person. Sie trägt ein weißes Hemd und eine schwarze Hose, der Kopf ist in den nassen Sand gedrückt.

»Wer war das?«

Aaron lächelt.

Augen auf.

Kalter Schweiß.

Morgensonne.

Atmen.

////////

Wir rollen durch ein grünes Tal. Ich begleite Timon nach Chania. Er ist mit einer jungen Ärztin verabredet, die sich bereit erklärt hat, ehrenamtlich für das Hospiz zu arbeiten.

»Hast du schon mal von Vilcabamba gehört, Max?«, fragt er.

»Nein.«

»Es liegt in Ecuador. Die Menschen dort werden steinalt, viele über hundert, und Schwerkranke wieder gesund. Deswegen nennt man es auch das Tal der Hundertjährigen.«

»Klingt wie ein Märchen«, sage ich.

»Ein Kalifornier hat in den 1980ern ein autobiografisches Buch darüber geschrieben«, fährt Timon fort. »Diagnose Lungenkrebs, Endstadium, sie gaben ihm noch ein halbes Jahr.«

»Und?«

»Er ist nach Vilcabamba gegangen und dort gestorben.«

»Dachte ich mir.«

»Mit 93, erst letztes Jahr«, sagt Timon.

»Blödsinn… dann hat er eben einfach Glück gehabt.«

»Vielleicht, ja. Jedenfalls hab ich damals an meinem ersten Tag im Kinderhospiz-Praktikum von dem Buch gehört. Die Leiterin hat mir erzählt, dass es mit dafür gesorgt hat, dass der Ort von Unsterblichkeitssuchenden überrannt wurde. Reiche Amis haben sich dicke Vorsorge-Villen dort hinsetzen lassen. Sie hat mir Werbung von kalifornischen Reisebüros zu der Zeit gezeigt: – *Only 10 days can give you 10 more years* – und so was.«

»Schlimm«, stöhne ich.

»Hab ich auch gesagt. Die Leiterin meinte allerdings, ich müsste es schon ein bisschen differenzierter sehen.«

»Versteh ich nicht.«

»Als das erste Kind gestorben ist, hab ich's kapiert, Max. Da konnte ich auf einmal gut nachvollziehen, dass Menschen auf solche Orte hoffen wollen.«

Wir treffen die Ärztin in einem Café im Zentrum. Wie Timon hat sie eine deutsche Mutter und arbeitet erst seit Kurzem auf ihrer Geburtsinsel.

»Wie läuft's?«, fragt sie, als Timon und sie sich umarmen.

»Gut. Wir müssen den Steg noch zu Ende bauen, aber im Haus selbst ist alles bereit.«

»Das freut mich«, sagt sie und wendet sich mir zu.

»Das ist Max«, erklärt Timon. »Unser bester Freund aus Deutschland. Er hilft uns für ein paar Wochen.«

Wir geben uns die Hände.

»Max.«

»Teresa.«

Du bist sehr schön, denke ich.
Nach fünf Tagen ohne C. ist meine Libido zurück.

»Und die Praxis?«, fragt Timon, als wir sitzen und der Kaffee gebracht wurde.
»Es wird«, sagt Teresa und stellt ihre Tasse zurück auf den Unterteller. »Die Leute sind nach wie vor skeptisch. Obwohl ich denen, die sich trauen, sage, dass die offene Sprechstunde nichts kostet und sie das gerne weitersagen dürfen. Allerdings glauben vor allem die Älteren hier oft noch an Krankheit als gottgegebenes Schicksal, das man aushalten muss.«
Ich spüre etwas Schnelles in mir hochkriechen, wie eine innere Gänsehaut.
Timon sieht mich an und erklärt: »Die orthodoxe Kirche ist eine der stärksten in Europa. Auch Palliativpflege sehen einige als Beleidigung Gottes.«
»Scheiße«, sage ich lauter als gewollt und winde mich im Stuhl. Meine Hände sind nass, ein Kribbeln dehnt sich vom Nacken auf Arme und Beine aus. Dass Teresa mich aufmerksam ansieht, macht es nicht besser. Ich reibe meine Hände über den Hosenstoff. Es fühlt sich an, als würden Nesseln in jeder Pore sitzen. Ich beiße die Zähne zusammen und schaue nach unten. Meine Zehen sind eingekrümmt, als würden sie nichts mehr mit dem Rest des Körpers zu tun haben. Ich schlüpfe in die Schlappen und stehe auf. Der Tisch wackelt, Kaffee schwappt aus den Tassen auf die Unterteller.

»Tut mir leid«, sage ich, als ich an den Tisch zurückkehre. »Ich trinke eigentlich keinen Kaffee und wenn doch, schlägt er mir sofort auf die Blase.«
Zumindest Teresa scheint es zu glauben.
»Ging mir früher genauso«, sagt sie und lächelt gnädig.
Ich erwidere ihr Lächeln und schwenke zu Timon. Er macht ein Gesicht, als habe er gesehen, wie ich mir in der Klokabine mit beiden Händen hektisch über Arme und Beine gefahren bin, wie ich mir Wasser in den Nacken geklatscht und aufgestampft habe, bis das Kribbeln verschwunden war.

Nachdem Teresa uns die Praxisräume gezeigt und mit Timon über eine neue Morphin-Studie gesprochen hat, verabschieden wir uns. Sie möchte mir die Hand geben, aber die ist immer noch ein Waschlappen. Deshalb nehme ich sie einfach in den Arm.
»Bis zum Richtfest«, ruft sie uns im Treppenhaus noch nach.
»Was für ein Richtfest?«, flüstere ich Timon zu.
»Der Steg, Max. Haben wir vorhin im Café drüber gesprochen.«
»Ja klar, stimmt.«
»Verarsch mich nicht, Gastbruder.«

Eine Kurve drückt mich nach rechts.
»Was war das, Max? Und komm mir nicht mit dem Kaffee-vertrag-ich-nicht-Quatsch.«

Schilder am Straßenrand warnen im Wechsel vor Steinschlag und Ziegen. Falls wir verunglücken sollten und nicht sofort tot wären, würde Valentin sich um uns kümmern.

»Es ist keine leichte Sache, ich weiß«, sagt Timon, schaut dabei mehr zu mir als auf die Straße. »Kann einen echt runterziehen. Aber gerade dann sollte man sprechen.«

Ich drehe am Rädchen meiner Armbanduhr. Die Zeiger bewegen sich drei, vier, fünf Stunden vor. Es ist ganz leicht.

»Hörst du mir überhaupt zu?«, fragt er laut und tritt auf die Bremse. »Ich fahr so nicht weiter.«

Wäre ich jemand anders, könnte ich sagen: Benimm dich wie ein Erwachsener.

Aber ich sage nur: »Was soll ich machen, Timon?«

Es ist die Frage, die ich mir seit einer Ewigkeit stelle, die Frage, die mich an mir selbst hat scheitern lassen.

»Reden«, fordert er.

Ich öffne das Handschuhfach, Fahrzeugpapiere und eine leere Keksschachtel. Ich greife nach der Schachtel und schüttle sie. Lautlos fällt mir die Ausrede in den Schoß.

»Teresa«, sage ich.

»Was ist mit ihr?«, fragt Timon.

»Sie ist sehr nett.«

»Und?«

»Deshalb war ich wohl so.«

»Weil sie nett ist?«

»Ja.«
»Versteh ich nicht.«
Schatten huschen über den sonnigen Asphalt. Ich schaue durch die Windschutzscheibe in den Himmel.
»Sind das Geier?«, frage ich ans Glas tippend.
»Das ist doch jetzt scheißegal«, sagt Timon.
Die Vögel kreisen über uns wie an einem Mobile. Und ich bin wirklich todmüde, könnte mich auf der Stelle hinlegen, mich ergeben. Ich erinnere einen Abend im Fernsehzimmer der Psychiatrie, es lief eine Talkshow in der Reinhold Messner von Himmelsbestattungen in Tibet erzählte, wie schön es sei, wenn die Geier sich auf das Fleisch der Toten stürzten, es fraßen und mit sich in die Lüfte trugen.
»Max?«
Ich zerdrücke die Keksschachtel, blicke zu Timon und sage: »Ich fand lange niemanden mehr nett… da hab ich Panik gekriegt.«
Sein Gesicht entspannt sich.
»Soll nett *attraktiv* heißen?«
Ich zucke mit den Schultern, nicke leicht.
»Aber das ist doch schön, Max.«
»Kann es bitte trotzdem unter uns bleiben?«
»Okay, Gastbruder«, sagt Timon. »Sonst noch was, was ich wissen muss?«
»Nein.«
Er startet den Motor. Bevor er anfährt, tippe ich nochmals oben an die Windschutzscheibe. »Meinst du, die sind wegen uns hier?«

Timon glaubt mir. Mit Valentin wäre es anders gelaufen. Er weiß zu gut Bescheid. Das mit dem Raki am ersten Abend hat er mir situationsbedingt durchgehen lassen. Trotzdem hat es ihn misstrauisch gemacht.
Deshalb habe ich das C. auch nicht weggeschmissen, sondern drücke jeden Tag eine Tablette aus dem Plastik und spüle sie den Abfluss runter. Für den Fall, dass er nachzählt oder den Müll durchsucht.

/////////

»Hast du für dich selbst auch schon alles geregelt?« Valentin und ich stehen im seichten Wasser. Wir sind ziemlich weit rausgewatet. Wer hier ertrinken wollte, müsste noch viel weiter gehen, der Grund fällt ewig nicht ab.

»Wovon sprichst du?«, fragt er.

»Patientenverfügung, Testament ... so was eben.«

Valentin schnippt mit den Fingern ins Wasser.

»Ich dachte, wir baden einfach, ohne das Thema.«

Es ist beruhigend zu hören, dass auch Valentin sich zwischendurch ausklinken will. Er lässt sich rücklings ins Wasser sinken. Ich mache es genauso. Zwei tote Männer.

»Sie können meine Organe nutzen. Und ich will keine lebensverlängernden Maßnahmen«, sagt er.

Schwebend blinzle ich in die Sonne.

»Darf ich dich nehmen?«, frage ich.

»Wofür?«

»Meine Verfügung.«

»Muss ich mir Sorgen machen?«, fragt er.

»Das machst du doch sowieso.«

Hammerschläge wummern vom Strand herüber.

»Können wir noch kurz so bleiben?«, frage ich.

//////////

Fünf Uhr morgens. Aus dem Schwitzen und Kribbeln sind Schläge gegen die Schädeldecke geworden. Alle paar Minuten ist es, als würde meine Stirn an einen elektrischen Weidezaun gedrückt. Viele beschreiben ähnliche Symptome nach dem abruptem Absetzen. Ich versuche, wieder einzuschlafen. Von draußen vor dem Fenster ist ein Bellen zu hören. Schon lange musste ich nicht mehr an Lio denken, meinen alten Hund, seine trüben Augen gegen Ende. Über ihn lande ich wieder bei meinen Eltern und in unserem Haus.
Ich gehe im Kreis, unzählige Runden.

///////////

Als ich aufbreche, schlafen die beiden noch.
Ich trage ein weißes Hemd und eine schwarze Hose. Es kann nicht schaden, sich dem Gegner anzugleichen, rede ich mir ein. Gestern sind wir mit dem Steg fertig geworden und heute Abend wird Richtfest gefeiert. Davor muss ich noch etwas erledigen.

Ich trete durch die offene Tür und sehe den Mann am Empfang sitzen.
»Kaliméra«, sage ich.
»Kaliméra«, erwidert er und tackert DIN-A4-Seiten zusammen.
»Can I help you?«
»I hope so.«
»Do you want a room?«
»No. I want you to stop building a wall against the property of my friends.«

////////////

Peng.
Ich schlage den letzten Nagel ins Holz. Die Gäste klatschen. Als ich mir ein Glas Wasser hole, sehe ich den Mauer-Nachbar. Er unterhält sich mit Timon. Sie stehen einige Meter entfernt, aber weil es zu laut ist und ich nie richtig Griechisch gelernt habe, kann ich nichts verstehen.
Ich schwitze. Der Mauer-Nachbar gibt Timon die Hand und sieht in meine Richtung. Ich mache eine Hundertachtziggraddrehung. Und etwa eine halbe Minute später wieder eine. Der Mauer-Nachbar ist verschwunden.
Ich bin klitschnass.

Ich habe ihm erzählt, ich sei mit einer der bekanntesten Journalistinnen Deutschlands verwandt und ihm dabei mein Smartphone vors Gesicht gehalten. Ein Foto meiner noch jungen Mutter. Sie sitzt hinter dem Schreibtisch und sieht entschlossen in die Kamera. Kurz nach ihrem Tod hatte ich es in einer Schublade gefunden und digitalisieren lassen. Generell wolle sie Menschen helfen, erklärte ich ihm. Aber über jemanden, der versuche, Sterbende in ihren letzten Tagen auszugrenzen, würde sie ebenso gnadenlos berichten.

Allerdings müsse es dazu nicht kommen. Stattdessen könne ich mich an meiner Freiburger Schule dafür einsetzen, dass in Zukunft regelmäßige Studienfahrten auf die Insel und in sein Hotel unternommen würden. An einer Privatschule sei das durchaus möglich und in schwierigen Zeiten wie diesen wohl eine denkbar gute Alternative, um den Weiterbetrieb eines Hotels, abseits des rückläufigen Pauschaltourismus, zu gewährleisten. Und Quads seien aufgrund des Klimawandels auch kein attraktives Freizeitangebot mehr. Er solle besser Yoga-Kurse anbieten.
»Think about it«, sagte ich und trat wieder ins Freie. Draußen konnte ich kaum fassen, was für eine haarsträubende Story ich ihm aufgetischt hatte. Ich war mir absolut sicher, dass ich es nur noch schlimmer für Timon und Valentin gemacht hatte.

Während meine beiden besten Freunde die Gäste unterhalten, ziehe ich mich raus und ans unterste Ende des Stegs zurück.
Ich weiß nicht, wie lange ich schon aufs Meer gestarrt habe, als ich hinter mir eine Stimme fragen höre: »Müde?«
Ich blicke mich um. Teresa hält zwei Weingläser in den Händen.
»Ja«, sage ich.
»Willst du lieber allein sein?«
»Nein.«

Sie setzt sich neben mich.
»Hattest du eine gute Zeit?«
Ich atme tief ein, sehe mich nach Timon und Valentin um, atme aus, schiebe die Füße in den warmen Sand und antworte: »So hatte ich es nicht erwartet.«
»Was denn?«, fragt sie.
»Alles«, sage ich.